Rudolf Kinau

Hest Di dacht …

De besten Geschichten un Riemels
ut sien Beuker
»Seuk Di wat ut«, »Scheune Bries«
un »De beste Freid«

Quickborn-Verlag

Die plattdeutsche Schreibweise ist aus Originaltexten
des Autors unverändert übernommen worden.

ISBN 3-87651-215-8

Umschlaggestaltung: Britta van Hoorn, Hamburg
Autorenfoto: Martin Jank, Buxtehude
Gesamtherstellung: Clausen & Bosse GmbH, Leck
Der Umwelt zuliebe
auf chlorfrei gebleichtem Papier gedruckt
und nicht eingeschweißt
Printed in Germany

Inhalt

Sünnobend Obend

Dat is nu al lang' her, ober ick kann mi dat noch good besinnen. Dat wür woll so de Tied, — ick kunn jüst mit de Näs up 'n Disch rupkieken, — do harr ick jümmer son bannige Angst, wenn dat in 'n Hus heeten dä: »Morgen is 't Sünndag!« Ick much den ooln Sünnobend Obend ne lieden, ganz un goarne. — Wür jo jedesmol wedder Striet un Larm. Un jümmer de ganze Kök vull Qualm.

Gliek no 'n Obendbrot käm de groot Ball' mit warm Woter up 'n Stohl. Un ick denn jümmer as Erst in de Ball'.

»He is jo doch uns lüttst!« sä de Mudder jeedesmol.

»Un he is jo ook de swattst!« sä de annern Vier. Un denn stünden se mit alle Mann üm de Ball' rüm un lachen mi wat ut: »Ah, wat 'n Bangbüx!« »Uh, wat mokt he för 'n Snut!« »Junge, Junge, hool di fast! Du versupst!«

»Nu man weg hier!« sä Mudder denn toletz. »Nu geiht dat Swümmen loos!« Un palsch mi dat Woter öber 'n Lief un seep mi af. Erst de Handn un de Arms, — dat wür fein. Denn de Feut un de Been, — dat mok ook noch fix Spoß. Denn dat Lief un de Bost, — dat keddel so scheun. Ober denn, — denn käm de Hals un de Ohrn, — dat much ick al goarne mehr hebben. Un denn, — denn wörd 't noch vel slimmer, — denn wür Mudder mitmol bi de Näs an 't Ruffeln. Un denn kreeg ick jeedesmol Seep in de Oogen un füng an to brülln. Un brüll solang', bit Mudder mi affspeult un afdreugt harr, un harr mi 'n reine Nachtbüx antohn, un harr mi up 'n Bitt packt.

Denn geef ick dat Schreen up. So alleen in 'n Düstern, wenn 'r doch nüms no hinhörn dä, denn harr ick 'r ook keen Lust mehr to.

Ober recht wür mi 't denn ook noch ne: In de Kök wörd noch jümmer snackt un lacht, un mit Woter rümplöttert, — ick harr dat to gern mol sehn, wu Jakob un Hein sick doarbi harrn, bi dat Seepen, —? Un Greta un Jann, —? Ober wenn ick denn luern un lüstern wull, denn kunn ick mi ne hooln, un wörd 'r bi slop. — Jeden Sünnobend Obend. —

Un denn een'n Sünnobend segt Jann to mi: »Wenn't nu wedder Oostern is, un denn noch mol wedder Oostern, un denn — müß no School!« Un ick wür ook al so groot, — ick reck al twee Finkwarder Steuhls vörbi. Do sä ick 't mol to Mudder: Ick wull ne jümmer toerst in de Ball' un up 'n Bitt. — Ick wull dat ook mol sehn, wenn de annern afseept wörden. — Un Jann harr ook jüst mit Mudder rümgnaddert: He wür de öllst, un he kreeg jümmer dat letzte Woter, koolt un schietig, un 'n klitschnatten Handdook, — he wull ook mol de erst wesen.

»Good!« segt Mudder. »Vannobend geiht 't van 'n annern Endn loos. — Jann, mok di kloar! Du büst vanobend de jüngst.« Un se holt noch gau den Feidl van de Del un legt em dicht vör de Ball' up de Erd: »So, lütt Jann, hindol mit de Plünn!«

Dat duert ook ne länger as so, do steiht Jann al splitternokt an 'n Stohl, un hett de Handn un den Hals vull Seep, un lacht öber 't ganz Gesicht: »Junge, wat fein!«

»Jo«, segg ick, »so up 'n dreugen Feidl stohn, —! Un denn ganz alleen waschen, —! Dat gleuf ick, —!«

Ober Jann lett sik goarne stüern, wascht sik dat Gesicht un de Ohrn, un de Bost un de Been, speult sick dree Mucken vull Woter öbern Lief, dreugt sick af, smitt sick 'n rein Hemd öber 'n Kopp, un jumpt up de Bank rup: »So, Greta, nu du! De Lütten toletzt!« Un langt sick sien Geschichtenbook van de Kommood, un fangt an to lesen, lest uns all wat vör, — ick kann 'r ober keen Wort van verstohn, un mag 't ook ne hörn.

Ick kiek mi üm, wat de annern all mokt. Mudder sitt un neiht Kneup an. Hein hett de Finger in de Ohrn prökelt un lest in 'n Indionerbook. Jakob knütt sick 'n Peerdleit ut Wull. Un Greta —? Greta steiht al an de Ball', hett sick so hinstellt, dat se uns den Puckel toreiht. Un nütelt sick nu de Flechten up 'n Kopp, un strickt sick dat Hemd van de Schuller, — hett ober nerden noch allns an, — un langt al no de Seep.

»Hä«, segg ick, »dat gilt ober ne! Dat is jo man halben Krom! Wenn du ne mol —«

»Still nu!« segt Mudder. »Hör to, wat Jann lesen deit!«

Dat doo ick denn ook noch wedder. Ober ick kann 'r jo doch ne klook ut warden. Un ick weet ne, — dat is so warm in de Kök, un ick bün wedder den ganzen Dag an 'n Diek un in de Knein wesen, — ick ward mitmol so meud, — Greta ehr ool Plöttern doar, — un Jann sien Stimm is man noch eben to hörn, — un denn — denn is 't ut mit mi —

Ah, man good! dink ick noch. Ober denn krieg ick upmol dat Scheeten, un fleeg van 't Siet van 'n Stoohl, mit 'n Ellbogen gegen 't Brootschapp, mit de Hand in de greune Seep.

»Da!« segt Mudder. »Een Mann fallt in Ohmdohm!« Un ritt mi ook forts wedder hooch, un lacht mit de annern in de Wett: »Jä, Schipper, — wenn du mi doch al öber Bord geihst, un gripst al so no de Seep, — denn hilpt dat nix mehr, — denn man rin in Ball'! — Greta, goh mol 'n beeten an 't Siet! Hier is een ut de Reeg falln!« — Un rumms! tüht se mi ook al dat Tüg öber 'n Kopp, un sett mi in de groot Ball'.

Oahh, — un dat ool Woter is al so koolt un so natt! Hä, ne! Un denn doar so upmol van boben to rin, —? »Uh, Mudder, — Mudder!« Mi blifft rein de Luft bestohn. Mag mi goarne dolsetten. Hol mi mit beid Handn an de Ball' fast, un dink blooß jümmer: Wat nu? Wat nu?

Un all stoht se wedder üm mi rüm: »Junge, Junge, du versupst!« »Ah, wat 'n Fliep! Biet di doch man blooß ne in de Näs!«

»Nu man weg!« segt Mudder, un krimpelt sick de Arms up un drückt mi dol: »Man ne erst blarrn! Is gliek vörbi.« Un fangt ook al an un ruffelt mi af, — de Handn, de Been, de Bost, un seept mi den Puckel, un kummt jümmer heuger, kummt al ganz no 'n Hals rup un achter de Ohrn, — ick biet de Tähnen in 'n Kopp tohoop un sitt as 'n Pohl un dink: Blooß ne erst schreen! —

»Ah, wat fein!« segt Mudder. »Nu is he up een'n Slag groot, uns lütt Jung, — is goarne mehr bang', — un hullt so scheun still. — Mok nu man allns puttendicht!« Un forkt mi hin un her öber 'n Mund, un nütelt mi rund üm de Näs. »Glieks is 't vörbi!«

Jo, dink ick, gliek! — Do fot mi doar mitmol een an

'n Teuhn. Ick riet em den Foot weg, un will sehn, keen dat is, — un hebb upmol de ganzen Oogen vull Seep, — dat bitt un fritt, — wat ick will oder ne: ick fang an to brülln, un krieg den halben Swamm in 'n Mund mit all den ooln Schum, — un dat smeckt so slecht, — ick brüll jümmer duller.

Un brüll so lang', — bit Mudder mi afspeult un afdreugt hett, un hett mi mien reine Nachtbüx antohn, un packt mi up 'n Bitt.

Do gef ick 't up. Un fang wedder an to lüstern, — ick much doch to gern mol weeten, wu Jakob un Hein sick doarbi hebbt, —? Ober ick ward jo ook al wedder so meud, — Hau-ah! — Haach!

Un denn mitmol, — denn is 't wedder ut mit mi. Denn is he 'r wedder wesen, — de ool eische Sünnobend Obend.

»Up ’t Hus passen«

»Ook dütt scheune oole Inheuden — van freuher«, segt Greeto Lankers, »is doch ’n Jammer, dat dat so ganz ut de Mood kommen is!

Wi hebbt dat freuher — as wi so twee oder dree Joahr ut de School würn — doch so bannig giern mitmokt. Un bi uns käm dat jo ook jümmer so ganz van ’t sülben, — wi müssen dat jo.

Uns Vadder wür Lüttfischer — hier up de Elw, — un he käm dörweg alle Wek eenmol — mit sien Jill no Hus, — un denn müß sien Knecht hier utstiegen, un doarför müß uns’ Mudder denn gau mit bi Vadder an Bord, un müß mit em no Stadt rup seiln, un müß em den annern Morgen mit hilpen — bi ’t Fisch-verkäupen un Gild-wesseln, — dat güng jo noch all so free weg — van Hand to Hand.

Un wi grooten Dierns — müssen denn jo obends inheuden un up ’t Hus passen. Un de grooten Jungs an ’n Diek wüssen jo jümmer ganz genau, werkeen van de Muddersen mit no Stadt rup wür.

Un dat duer denn jo ook ne länger as so — denn stünd al een van de grooten Jungs bi uns vör de Dör, un wull uns Mudder wat frogen — oder wull wat bestelln, — un wenn ick denn seggen dä: »Uns Mudder is ne doar!« Denn sä he eenfach: »Oach, — denn teuf ick hier — bit se kommen deit!«

Un wenn ick de Husdör sinnig wedder tomoken wull, — denn harr he al sien'n Foot doar twüschen un füng an to jammern un to jauln, — un kunn ne mihr loopen un ook ne mihr stohn, — ick müß em up de Del — un in de Döns rin loten, — un doar seet denn al — mien beste Fründin — Lene Baschon, — de harr ick mi — eben vörher — noch gau to Hölp holt.

Un wenn de beiden sick denn ut-wunnert un ut-frogt harrn: »Wat kummt dat denn? Un wat mokst du denn hier?« denn wür al wedder een an de Husdör, — un dat wür Gustav Wegener, — un de wull blooß weten, wat Lene Baschon bi uns wür. Und wenn ick »ne!« seggen dä, un wull de Dör wedder to moken — denn harr de ook al den Foot doartwüschen un wür ne wedder loos to warden.

Jä, un denn — seeten wi mit Viern — bi uns in de Döns, un denn güng dat Frogen un Vertelln loos. Un wenn 't düster warden wull, denn steek ick de Lamp an, uns' lütt stohn Lamp up 'n Disch. Un denn bier Gustav Wegener so — as wenn he no de anner Siet van 'n Disch rüm wull, — un pust uns mitmol — so van boben her — de Lamp wedder ut. Ober ick — harr mi al sowat dacht, un harr den tweeten Rietsticken al in de Hand, — un as ick den nu so batz anrieben dä, — kreegen wi Gustav fot, as he sien Lene jüst een updrücken wull. — Un nu geef dat jo ierstmol 'n barg Leben un Halloh.

Un denn wörden wi uns eenig, dat de Lamp noch 'n beeten ut blieben schull, — wi kunnen uns jo ook so noch seehn!

Un denn – güng dat Klönen und Snacken wedder wieder. Oah ne, — wat käm doar mitünner all an 'n Dag! Van de Dierns un Jungs an 'n Diek, — un van uns'

Schooltied, un van allns, wat jeeder van uns — mol so hört — oder ook sülben mit beleft harr.

Un Klock teihn sä ick denn jeedesmol: »So, nu geiht 't up 'n Rest — mit uns' Inheuden un Vertelln! Nu jeeder noch een'n Satz! Un denn — denn möt de Mannslüd no Hus! — Un Lene un ick — möt to Klapp!«

Un denn füng Gustav an — bi sien letzten Satz, — un de wörd jümmer länger, un nähm goarkeen Enden, — un wenn ick roopen dä: »Punkt! — Punkt!« Denn sä Gustav: »Ne, ne! Dat is jümmer noch 'n Komma, — dat hört doar all noch mit to!«

Un denn käm jo — Willi Ooben — mien Willi, de toierst an de Dör wesen wür, — mit sien letzten Satz, — un de wull ook ne wedder afrieten, — de heul ierst up, — as wi de beiden Jungs — ober de Deel weg — un ut de Husdör rutsnackt harrn!

Oah ne, wat wür dat jümmer scheun — freuher! Uns' Inheuden mit de grooten Jungs!? Ick gläuf — uns' Kinner, — un de Kinner van uns' grooten Kinner — könt sick doar al goar ne mihr rindinken.

De sitt den ganzen Obend vör 't Glasschapp un kiekt in 't Wiede, — un smeukt Zigaretten un snackt klook!

Un mit dat Wort »Inheuden« wet se nix mihr antofangen.

De beste Freid

Dat mütt woll so — in 't Vörjoahr negenteihnhunnert un een — wesen hebben, — ick güng dat letzte Joahr no School, un dat wür morgens in de drütte Stünden — van Viddel no teihn bit Klock elben. Do meen uns' Schoolmester mol — so bit'n Vertelln —: Dat kunn mitünner doch 'n bannig grooten Ünnerscheed wesen — twüschen dat dulle Lachen un Juchen — un de scheune stille Freid to dütt oder dat. Un he wür nu jüst so wied, dat he seggen dä: »De beste un de deepste Freid — de kummt mitünner sogoar — ut ganz groote Angst un Noot —!«

Do ward doar mitmol van buten — van de Del her — de Dör van uns' Klass open reten, — un een Froo van 'n Diek — de Mudder van Paul Reekmann — de röppt man eenfach so — ganz vull Freid — röppt se so in uns' Klass rin: »Hannes Joonas! — Loop gau no Hus hin! Joon Vadder is upkommen!« — Un lett de Dör open stohn, un löppt no de anner Siet van de Del, un röppt in de tweete Klass rin: »Peeter Joonas! Loop gau no Hus! Joon Vadder is wedder doar!«

Nu mütt ick för de »Butenlanners« — un dat sünd bi uns jo all de, de ne up Finkwarder geborn sünd, — mütt ick woll eben seggen: Wenn een van uns' Seefischers van Hus wegseiln dä, — dat güng do jo noch all ohne Motor, — un seil no See rut, — denn sän wi: »He is foahrn!« — Un wenn he — no acht oder teihn Dog —

wedder mit 'n gooden Fang no Hus kommen dä, — denn sän wi: »He is upkommen!« — Un wenn mol een »foahrn wür« — un he käm goar ne wedder up, un leet nix wedder van sick hörn, — denn sän wi: »He is bleben!« »Bleben up See!« Un dat heet up Hoochdütsch: »Verschollen! Vom Fischfang nicht zurückgekehrt!«

Un dat harrn wi Jungs — un dat harr half Finkwarder nu ook grode wedder van Hannes Joonas sien'n Vadder dacht. Denn — wi harrn twee Weken vörher — dree groote swoare Störms hatt, een achtern annern. All uns' Seefischers würn mit tweireten Seils un allerhand Hoberee — een no 'n annern — wedder no Hus oder in 'n annern Hoben binnen kommen. — Un blooß Hannes Joonas sien Vadder — de harr sick noch narms wedder angeben, — un harr nix van sick hörn loten.

Un nu güng dat al 'n poar Dog langs den Diek un van Hus to Hus: »Hebbt Ji dat ook al hört — van Peeter Joonas —?« »Schull dat würklich woahr wesen?« »Se wet noch nix, ober — se seggt: Sien Boot is andreben, — boben in Dänemark!« »Ah ne, wat 'n Jammer!« »Al wedder mol een — bleben?!«

Un nu mitmol — bi uns in de School — van de Del her — düsse Stimm un dütt Roopen! Dat güng mi — un ick gläuf, dat güng uns alltohopen — dör un dör!

Hannes Joonas stünd al in 'n Gang. He wull wat frogen, ober he harr keen Stimm. De Tronen leepen em ober de Backen. Un uns' Schoolmester wink em ook al to: »Jo, jo, — is al good, Hannes! Loop man loos! Man gau!«

»Dien Beuker bring ick mit!« röppt Hinnik Gohd em noch no. Un denn is Hannes ook al buten.

Un nu steiht Peeter Pickenpack up, un kann ook man

eben snacken: »Herr Meier, — Hannes Joonas sien Vadder is de Bru'er van mien Mudder, — ick mütt »Unkel« to em seggen. Kann ick Mudder ook eben gau Bescheed seggen?«

Uns' Schoolmester weet ne recht, wat he moken schall, ober —: »Noa jä, mienwegen! Loop eben hin!«

Un nu kummt Julus Lanker hooch: »Herr Meier, — mien Bru'er Willi — foahrt bi Hannes Joonas sien'n Vadder as Knecht, — un mien Mudder hett ook al dree Nachen ne mihr slopen —!«

Un denn kommt noch twee oder dree annere Finger hooch, ober nu winkt uns Schoolmester af, un kickt no sien Klock, un segt — so half för sick: »Teihn Minuten vör elben, — tohörn un uppassen deit doch keeneen mihr, — good, — mokt wi ierstmol Meddag! Seggt man eben in de annern Klassen ook Bescheed! — Ober Klock een — wedder all hier wesen!« Un nu sust wi — mit alle Mann — mit mihr as hunnert Jungs un Dierns — in 'n Swiensgalopp an 'n Diek! Un — jo! Doar ligt de groot Eewer al vör Anker! Hannes Joonas sien Vadder! H. F. 178! Is mit heele Seils — un mit 'n gooden Fang »upkommen«! Un he un sien beiden Lüd — sünd gesund un — fein toweg!

Jem is al gliek bi 'n iersten Störm de Boot van 't Deck haut, ober — se sünd denn doch noch — so eben un eben — twüschen de Inseln hindör kommen, un hebbt fief Dog achter Fanö legen, — hebbt doar ober — ohne Boot — ne an Land kommen kunnt, — un sünd ierst no den drütten Störm wedder no See rut seilt, un hebbt noch acht Dog fischt, — un hebbt dat goar ne weten, dat all jemehr Lüd — un half Finkwarder — so dull up jem luert hebbt.

Wat wull uns Schoolmester uns grode vertelln —? Dat de beste Freid — mitünner sogoar ut de gröttste Angst — un ut de deepste Noot kommen deit —? Un denn kummt van de Del her — mitmol dütt Roopen: »Joon Vadder is upkommen!?«

Schull uns' Schoolmester — sick dat vörher mit Paul Reekmann sien Mudder besnackt hebben —? Ober — ne, dat kann woll ne good angohn, — denn de kunn dat jo vörher ook goar ne weten.

Ne, dat mütt woll noch anners tohoop hangen?

Sünde

Dat mütt woll noch in de drütte Klass wesen hebben, — ick gläuf, ick güng dat tweete Joahr no School, — do vertell de Schoolmester uns de lütt Geschichte van Adam un Eva un van den Appel un van de Slang', — un he sä jümmer wat van »Sünde«. Un ick wüß goarne recht, wat he doar eegentlich mit meen'n dä. Ick kinn dat Wort wieder noch goarne, ick harr dat man erst eenmol hört, vör 'n poar Dog mol, van mien Mudder.

Mudder harr mi in de Kök 'n Stück Broot upsmeert, son duppelte Snäd, »groff« und »kleen« tohoop. Un ick beet doar ook gliek rin, un güng bi 't Afbieten un Kaun wedder ut de Dör un an 'n Diek. Un käm wedder mit de annern Jungs in 't Speln un in 't Loopen. Un do föll mi son lütte Stück Broot weg, un föll in 'n Dreck, — wür woll son Viddel Snäd, — so as tweemol afbieten ungefähr. Ick wull 't gliek wedder upkriegen, ober Hinnik Holm harr doar — bi 't Speln — al mit 'n Foot up pett, un leep mi ook jüst verdwars vör 'n Boog, — do leet ick dat Broot liggen un spel wieder.

Un gliek noheer käm mien Mudder ut de Dör. Un seeh dat Stück Broot doar up 'n Diek liggen, un wür ganz bestött. »Komm mol eben her!« sä se to mi. »Un ji annern ok all! Kommt hier mol rüm! Hier mol ganz dicht ran!«

Un as wi all bi ehr rüm stünden, wies se up dat Stück

Broot un sä: »Weet ji ook, wat dat is? — Dat is Sünde! Richtige Sünde! Un wenn de leebe Goot dat süht, denn ward he ganz trurig un ganz dull, un denn lett he anner Joahr all dat Korn verregen un verhogeln! — 'n Stück Broot in 'n Dreck smieten — dat döt ji niemols — in joon ganzen Leben döt ji dat ne wedder doon, denn dat is Sünde! Markt joo dat!«

Un se kreeg dat Stück Broot wedder up, un nähm mi mit in de Kök, un keek mi noch mol deep in de Oogen un schüttel mit 'n Koop: »Wenn du dat wüß, mien Jung, wuvel Arbeit un wuvel Sünnschien un Regen, un wuvel Sorgen to een Handvull Korn, un to een'n Snäd Broot hört, —«

»Dräumst du eegentlich, oder büst du doof?« reep de Schoolmester mitmol. Un ick scheut in 'n Dutt tohoop, un seet nu upmol wedder in de Klass. Un de Schoolmester stünd vör mi un stütt de Arms in de Siet: »Was habe ich eben gesagt, — warum wurden Adam und Eva aus dem Paradies vertrieben?«

»Weil sie — weil sie —« jä, Mann, wat wür dat man noch wesen! Ach so, jo, — »Weil sie ein Stück Brot in den Dreck geworfen hatten!«

»Ein Stück Brot in den Dreck —? Wie kommst du denn darauf?« — All de annern Kinner keeken sick üm un lachen.

»Ja, — denn das ist Sünde, hat meine Mutter gesagt!«

Un denn müß ick verteIln, wat loos wür. Un denn snacken wi toletz noch van 't Korn un van 't Broot un van den leeben Gott. Un kämen ganz wied van Adam un Eva af.

Un harrn doch — »bibelsche Geschichte«.

»Zur Feier des Tages«

Dat wür in 'n Winter 1899, — ick güng dat tweetletzte Joahr in uns' böbelste Klass. Do wür bi uns in de Westerschool mol 'n lütte feine Fier ansett: Uns' ool Hauptliehrer Möhlmann harr Jubiläum, wür vulle föftig Joahr — bi uns an de School. — Un nu schulln wi den annern Morgen mol all — in uns' best Sünndogs Tüg kommen, — un denn schulln wi 'n poar scheune Leeder singen, un schulln ook allerhand Gedichten upseggen, — un denn — denn kreegen wi schoolfree, un kunnen wedder no Hus gohn, harr uns' Schoolmester segt, — un *dat* wür för uns jo dat beste — an de ganze Fier.

Nu weet ick ne mihr, wat dat den annern Morgen wür, — ick harr dat jo woll ierst bi 't Upstohn segt (mit dat Sünndogs Tüg) — Mudder smeet mi dat man all so hin, un wür den för dull mit 'n stiebe Börst un mit Buddelwichs up mien Stebeln togangen, — un denn schull ick mi jo ook noch den Hals waschen, un schull 'n Stück Broot eten, — as ick ut 'n Hus käm, wür de Klock al twindig vör acht, — un Klock acht schulln wi in de Klass sitten, — un ick harr jümmer 'n goode halbe Stünden brukt — bit no de School: 20 Minuten den Diek langs no 'n Oosten — 10 Minuten in de Süd, un denn twee Minuten üm de Eck un no 'n Westen. Junge, Junge!? Denn man gliek Galopp!

Ober as ick teihn Träd van uns' Husdör weg bün, un seeh uns School doar al liggen, do dink ick (so as bi 't Seiln up de Elw): Nu man ne ierst lang hin un herkrüzen, un den grooten Ümweg moken, — nu man gliek liekdör un stebens up loos. In de School harrn wi doch ook liehrt: »Der kürzeste Weg zwischen zwei Punkten ist immer nur — die gerade Linie!«

Un nu sus ick ook al so schräg van 'n Diek hindol, un stebel bi Kassen Pnitt öber de Weid, un loop denn jümmer so liekut, van een Stück Land up 't anner, öber all de Grobens un Grüppen weg, un jümmer so up uns' School los. Dat wür jo Winter, un dat läg all vull Snee, un de Grobens harrn ook all dick Is, — dörpedden un rinsitten kunn ick so licht ne. — Ober dat ool Ploogland ünner den Snee wür bannig knupperig un smeerig, — mien blanken Stebeln seeten al bit boben hin — vull Slick, un mien Jack — bit no de Ellbogens rup — seeh ook ne vel anners ut, — ick müß jo bi jeeden Groben van de Wall hindol, un up de anner Siet wedder hooch.

Oh, Kinners, Lüd, — wür ick dat blooß ne anfungen — mit den ooln verdreihten »kürzesten Weg«! Ober bidreihn kunn ick nu jo ne wedder, ick müß nu wieder liekut, — doar läg de School!

Genau dree Minuten vör acht — wür ick bi 't Schütt. Twee Schoolmesters stünden noch in 't Dörnlock. »Da kommt der Letzte!« segt de een. »Natürlich wieder Kinau vom Neß! Und er hat sich zur Feier des Tages sogar die Stiefel geputzt!«

»Wo kommst du her — so spät und so dreckig?« segt de anner. Ick segg: »Von zuhause, quer über die Felder!« So kommst du mir nicht in die Klasse! Auf keinen Fall!«

»Solltest du was mit aufsagen — bei der Feier?«

Ick segg: »Ja, einen Spruch!« »Was für einen —?«

»Üb immer Treu und Redlichkeit — bis an dein kühles Grab, — und weiche keinen Fingerbreit — von Gottes Wegen ab!«

»So, — das paßt ja recht gut zu dir — mit deinen Dreckfüßen. Aber — den Spruch kann auch ein anderer aufsagen. — Los! Weg! Kehrt marsch! Mach, daß du nach Hause kommst!«

Un denn goht de beiden Schoolmesters no binnen. Un ick slirk mi sinnig — van achtern — wedder no de School ran, — un hör — liek ünner 't Fenster allns mit, wat doar snackt un sungen ward, — un frei mi as 'n Stint — as Hannes Euhms medden in *mien'n* lütten feinen Spruch sitten bliff: »Üb immer Treu und Redlichkeit — Üb immer Treu und Redlichkeit —«

»Bis an dein kühles Grab!« segt uns' Schoolmester em to. Un nu rappelt Hannes ook al wieder: »Und ist der Weg auch noch so weit, — weich' nicht vom Wege ab!«

»Süh —« dink ick, »dat paßt jo ook wedder scheun —! Zur Feier des Tages!«

Den iersten Seuten

Den iersten Klaps hebbt wi doch woll — meist all — van de Hebamm kregen, as wi man eben ierst ut den »greunen Kohl« rut würn, un wi schulln nu gliek — gau mol deep Luft holn — un schulln wat seggen. Un wenn wi dat achter uns harrn, un harrn ook uns »Määäh!« good to gangen kregen, denn — denn würn wi »geborn« — un wörden nu ook al gliek mittellt: »Al wedder mol 'n lütten Freter un Larmmoker mihr!«

Un den iersten Seuten —? Wannihr wi den denn woll kregen hebbt? Van uns' Mudder un van unsen Vadder — jo gewiß recht bald. Un van all de Verwandten un Bekannten un Noberslüd — so mit de Tied — woll af un an mol son »Lütten« up de Back — oder up de Hand — doch woll ook.

Ober dat tellt hier nu all ne mit. Ne, nu much ick giern mol eben weten: Wannihr hebbt Ji denn woll den iersten richtigen feinen Seuten kregen?

Dat wet Ji all goar ne mihr, wat? Noa jä, — ick will Jo ook goar ne wieder utfrogen, — wenn Ji 't ne mihr wet, — oder ne seggen wöllt, denn lot dat no, — un hoolt Jon Jipp.

Ober nu dink ick eben: Villicht is dat bi Jo — ook ne vel anners wesen, as bi mi.

Bi mi wür dat so: Ick wür woll al — noa, so bi achtteihn Joahr rüm, — un harr jümmer noch keen lütte

»Fründin« oder 'n faste Brut, — harr blooß af un an mol een »up 'n Kieker« hatt. Ober — de much »up Musik« so bannig giern danzen, un leet sick ook bald jeeden Sünndag — van irgend een'n annern Junggast »no Hus bringen« — un se wohn »up de Lünbörger Siet — in'n Busch« — un dat wür doar för uns (van de Hambörger Siet) 'n ganz gefährliche Gegend, — doar kunn dat bannig licht 'n Jackvull geben, — de Lünbörger Buerjungs wulln uns doar ne weten!

Noa, un nu wür ick den een'n Sünndagobend ook wedder »up Musik«, — un Lene Swattau stünd doar ook wedder — mit all de annern Dierns — in een Reeh. Un se harr mi ook al twee oder dreemol ankeken, — sogoar länger as neudig dä. Un do dink ick: »Schaß ehr doch mol holn un mit ehr danzen!«

Un dat dä ick denn ook, bi son scheunen eenfachen »Runden«, — söbenmol rüm. Un dat güng ook all good, un ick wür bannig fein toweg.

Ick segg: »Lene, dött ick noheer noch mol kommen?« Se nickköpp mol eben un sä sinnig: »Ober denn man bald, — ick much ne so lot no Hus!«

Ick segg: »Dött ick mol 'n lütt Stück mitgohn?« Se nickköpp mol eben: »Jo, — ober denn man leeber gliek!«

Hoh, un nu güng mien Hart jo up höllten Tüffeln! Mann! Kinners Lüd! Hebbt Ji dat hört? Ick dött mit! Mit Lene Swattau — ut 'n Busch!

Un nu wutscht se ook al ut de Dör, un ick — sinnig achter ehr ran.

Un — jo, doar buten ünner de Bäum — doar steiht se noch. Un denn — bün ick ook al bi ehr, — un nu hebbt wi beiden uns bi de Hand tofot, — un goht denn ook

Hand in Hand — den Diek langs, — un de Sandten-Weg hindol, — un ober de Landscheed weg, — un an de Kark un an de Lünbörger School vörbi, un denn noch mol wedder obern Diek, — bit in 'n Busch, — un bit meist no jemehr Hus ran. Doar mokt wi Stop.

Ick segg: »Un nu, Lene? Wat krieg ick doar nu för?«

»Nem för?«

»För dat no Hus bringen, — un för den langen Weg wedder trück!?«

»Jä, — wat wullt hebben?«

»Noa, doch ton wenigsten — een'n Seuten!?«

»Good, — kannst du kriegen. Ober denn müß du dien beiden Handen solang in de Tasch steken, in dien beiden Büxentaschen, deep rin! Un müß dien Oogen tomoken, fast to! Un döß jem ne ihrer wedder open moken, as bit ick ›Gunacht‹ seggt hebb!«

Un — ick lütt Döskupp — doo dat denn ook, — un feuhl ehrn Mund mol so eben an mien Back, — un hör denn — al 'n lütt beeten wieder weg ehr »Gu-Nacht!« Un mok de Oogen open, — un seeh ehr jüst noch so eben — in de Husdör rin wutschen.

Un dink noheer — up mien 'n langen Weg no Hus — jümmer wedder: »Dat harr ick mi ganz anners dacht!« Un ook jümmer wedder: »Anner mol will ick 't beter moken!«

Dree Treppen

»Goh mi af mit de Stadt!« segt Julus-Bäcker. — »Mann, goh mi af! Wenn ick doar jümmer in Hamborg wesen schull un schull doar eenerwegens in son groot Hus wohnen, in son ool düstere Steenkist, — ne, ick weet ne.

Ick goh 'r so licht ne wedder rin, in son Dings. Bün 'r eenmol binnen wesen. De reine Backoben. Ick krieg jo noch dat Sweeten, wenn ick 'r blooß an dink.

Sünd nu al lange Joahrn her, ick wür woll so eben twindig, un wür as Gesell bi Mandus-Bäcker, wür noch bald goarne ut 'n Mehlkeller rutkommen. Un harr mi doch al 'n Brut upsackt, een ut de Stadt, Lene Lindemann. Se müß to Mandus-Bäcker »Unkel« seggen und käm doar af un an mol to Beseuk. Wür 'n lütte fixe Deern, all wat recht is. Un ick much ehr ook gern lieden. Wenn se sünndogs ankommen dä mit ehr fein witt Kleed un ick döß mit ehr langs 'n Diek, — ick wür weg as Peter in 'n greunen Käs.

Ober nu wür de Sommer toendn, un nu mitmol, nu käm 't anners: Nu schull ick ehr ook mol beseuken, schull mol no Stadt rupkommen un schull regelrecht bi ehr mit Kaffee drinken. Se wür in 'n Hus bi ehr Vadder un Mudder, ober se harr ehr lütt Döns ganz för sick, un ehr Vadder und Mudder wüssen ook Bescheed un harrn 'r nix gegen, wulln mi ook gern mol kennenlehrn. Ober up ’n Sünndag, dat paß jem so slecht, ick schull man al Freedag kommen.

»Klock dree bi uns vör de Dör!« sä Lene. »Jüst up’n Klockenslag dree! Denn mok ick sülben up un hol di rin. Brukst di üm nix wieder to kümmern.«

Ick wull doar erst ne recht anto. Ober se geef dat Quäln jo ne up un sä, wenn ick würklich wat van ehr hooln dä, — un an’s wüß se jo Bescheed.

Un denn ward dat jo Freedag Meddag, un denn goh ick richtig loos, — ’n stieben Krogen üm de Kehl, mien best Paddje an, un denn den grooten dicken Rock doar öber, rein as son Senator. Un foahr mit ’n Damper no Stadt un biester mi doar jo hin. Un käup mi ünnerwegens noch son poar groote feine Blomen, — »Glatte Oln«, sä de Mann doarto, »was ganz Besonderes. Bedeuten immer eine Überraschung.«

Ick hool jem jümmer stief vör ’n Lief as wenn ick de Fohn dräg. Un frog mi so bilütten wieder, un stoh den ook toletz bi jem vör’n Hus. Un kiek noch wedder up mien’n lütten Zettel, — Strot un Husnummer, stimmt all, ganz genau. Un de Klock is nu ook jüst so wied. — Denn man rup!

Drütte Etoj harr Lene seggt, un denn gliek to rechten Hand. De Treppen düster un steil. De Dör man eben to finden. De lütt Klingelknoop —, doch, jo, — doar seet he, — harr Lene jo ook segt: eben ünnern Breefkasten. »Gediegen«, dink ick noch, »wenn ick doar nu updrükken do, denn flügt de Dör open, un denn flügt Lene mi mit beide Arms üm’n Hals.«

Ick hol noch mol deep Luft un wisch mi den Sweet af. Un fot mol so eben up den Knoop. »Rrrriet!« segt dat gliek. Mann, wat harr ick mi verjogt. —

Kummt een anloopen, mokt de Dör loos, will noch erst mol dör de Ritz kieken, — ick schuf ehr ober jo gliek de Bloomen ünner de Näs: »Gudn Dag ook!« — Un stoh mitmol as versteenert, is Lene goarne, is 'n öllere Froo, mütt woll ehr Mudder wesen. Steiht doar un kickt mi an: »Sie wünschen?«

Mi hangt de Arms jo gliek slapp an 'n Lief dol, kann man eben snacken: »Ach —? Hier —? Nä —? Wat ick —? Is Lene ne doar? Kann ick Lene mol eben —?«

»Helene?« segt se. »Unsere Helene?«

»Jä, — se hett doch segt, ick schull Klock dree hier wesen.«

»Helene ist nicht da. Die ist zum Einholen. Wollten Sie —?« Un denn dreiht se sick üm: »Denk dir, Männe, Helene hat sich Besuch eingeladen. Nett von dem Mädchen, was?«

Jo, verdammt nett! denk ich. Hett se mi doch wat vörlogen, hett goarnix segt in 'n Hus. — Mi löppt de Sweet van Näs un Ohrn.

Nu kummt de Vadder ook anslarpen un kickt üm de Eck: »Sie wollten Helene sprechen? Da müssen Sie schon 'n Augenblick warten.«

»Jä«, segg ick, un kiek mi al üm no de Trepp, — wür ick man blooß erst wedder up de Strot!

»Sie können ja gern solange reinkommen«, segt de Vadder, »und setzen sich in die Küche.« De Mudder kickt em wütend an.

»Ach, laß man!« segg ick. Ober he mokt de Dör al open un lootst mi rin: »Nehmen Sie man solange Platz!« Un wiest doar so no 'n Stoohl hin, de steiht doar dicht bi 'n Herd, un de Herd is gleunig heet. Ober wat schall ick moken? Ick mütt 'r jo erstmol hin.

Un doar sitt ick denn nu, mit mien'n grooten dicken Rock, — in de een Hand den hatten Huler, in de anner de »Glatten Ol«. Un bün jo so gnadderig, up Lene un up mi. Un weet ne, wat ick moken schall, un weet ook nix to seggen, dat löppt mi all döreenanner. Un as ick mi toletz doch son poar lütte Wört trechtlegt hebb, do dreiht de Vadder sick jüst wedder üm un geiht in de Döns. — Ick dink, de Mudder schall achteran tüffeln, dat ick mol 'n beeten Luft krieg, ober dat fallt ehr goarne in, — 'n Gesicht as söben Dog Regenwetter, de Näs jümmer so piel in de Luft. Un denn egolweg an 't Rümpütschern, — slutt dat Brootschapp af, mokt dat Finster to, un denn stökert se ook noch dat Füer wedder no, — de ganze Herd een Gloot. Dat Woter löppt mi nu al jümmer so över de Oogen, de Puckel dampt mi as nix Goodes.

Ick kann an's woll allerhand Hitt verdrägen, as Bäkker is 'n dat jo wennt, ober hier nu so mit Palleto un hoogen Krogen, un denn de Froo doar jümmer so bi mi rüm, —? »De as Swiegermudder?« dink ick. »Ne, manlef me.«

Ne, ick wür nu kloar mit mi. Wenn Lene nu kommen dä, ehr de Blomen vör de Feut smieten: »Bün doch ne dien dumme Jung!« Un denn nix as: Rut, un no Hus.

Ober Lene kummt jo ne. Ick sitt un luer. Un sweet. Dat ganze Hus is lebennig, nerden spelt een up 'n Klavier, blangenan schreet 'n poar Kinner, boben löppt jümmer een hin un her un klappert mit de Dör. Blooß doar bi mi, doar blifft 't all still. Ick kiek no de Klock: Halbig veer. Kiek wedder no de Klock: Teihn Minuten no. — Verdammt noch mol. —

Do klötert doar 'n Slötel.

»Na, endlich!« segt de Mudder un kickt up de Del.

»Helene, wo bleiben Sie denn solange? Ich meine, wenn Sie sich Besuch einladen —?«

»Besuch«?« segt doar een. Un doar kummt son groote forsche Köksch üm de Eck, süht ganz good ut sowied, kann 'k woll seggen, ober ick kinn ehr ne, hebb ehr mien Lefdag noch ne seehn.

»Na?« segt de Madam wedder.

Se kickt ehr dummerhaftig an un tuckst mit de Schullern: »Kenn ich gar nicht.«

»Ne«, segg ick, »ick ook ne. De meen ick jo goarne, — ich meine ja Ihre Tochter.«

»Unsere Tochter?« segt de Froo. »Wir haben ja gar keine Tochter.« Un sett al de Hand in de Siet un will loosleggen, do kickt de ool Kerl doar ook wedder üm de Ecke, argerlich as man een. »Was ist denn nun eigentlich los! Was wollen Sie denn hier?«

»Ick?« segg ick, man eben dat ick noch japp, »ick wull blooß —, ick schull Lene hier beseuken, Lene Lindemann.«

»Lindemann?« segt se mitmol all dree. »Lindemann? Ja, die wohnen doch nicht hier! — Die wohnen doch eine Treppe höher!«

»Wat?« segg ick. »Een Trepp heuger? — Se hett doch segt: Drütte Etoj. Un hett mi 't doch sogar noch up'n Zettel schreben: Dree Treppen.«

»Ja, drei Treppen, — aber unten ist Hochparterr!«

Un denn stünd ick wedder buten, spaddellohm un natt van Sweet, as wenn ick swümmt harr, allns so ton Utwringen.

Un denn —? Jä, rupkeeken hebb ick noch mol eben, een Etoj heuger, de Dör seeh doar jüst so ut as all de annern. Un son lütten Knoop seet doar ook ünnern Breefkasten, — ober updrückt hebb ick doar ne mehr. Bün mi sinnig wedder rutslirkt no nerden. Hebb mien glatten Ol achter de Husdör steken. Un denn: Dicht an de Hüs langs, un dol no 'n Hoben, un wedder mit 'n Damper no Hus.

Un hebb mi ook üm nix mehr kümmert, hebb ne schreben un nix.

Ne, goh mi af mit de Stadt. — Mann, goh mi af!«

Bi uns an'n Diek

Wenn mi mol een so frogen deit:
»Wonem büst du geborn?«
Doar, nem de hoogen Eeken stoht,
doar, nem de Möhlenflünken goht,
doar, nem de grooten Wischen liggt,
de Fürturn wied no See rutkickt,
doar in de en lütt Kot.

Wenn mi mol een so frogen deit:
»Nem stammt dien Üllern her?«
Mien Vadder is an 'n Diek geborn
un hett de halbe Wilt befoahrn,
hett fischt und seilt bit an sien'n Doot.
Mien Mudder käm van 'n greunen Soot,
kunn lachen un kunn spoarn.

Wenn mi mol een so frogen deit:
»Wat wohnt doar an's för Lüd?«
Doar wohnt so welk mit hille Hoar,
mit blaue Oogen, fast un kloar,
de wieder nix as Plattdütsch snackt
un noch ehrn eegen Klöben backt.
Süh, son Oart Lüd wohnt doar.

Un wenn he mi denn frogen deit:
»Wat heet denn dütt lütt Dörp?«
  Dat is keen Dörp. Dat is een Riek,
  is Sünn- und Wunnerland togliek, —
  un hett ook wieder goarkeen'n Nom,
  keen eegen Post un all son Krom, —
  heet blooß: »Bi uns an 'n Diek!«

Sticken-Düster

Un nu mol wat — van uns lütt Mudder, so as se mi dat — vör 'n goode söbentig Joahr — mol sülben vertellt hett:

»Oach ne«, segt Mudder, »wenn ick doar noch an dinken doo«: Wu düster dat hier mitünner obends wür, — as ick noch as Lüttdiern bi 'n Buern deenen dä, un dat wür denn so üm de Tied — eben vör Wihnachten!? Un doar seet keen Mond un Stierns!?

Wi würn mit dree Dierns — hier bi 'n Buern an de Landscheed, up dree verschiedene Höf — ober de Höf lägen goar ne wied üm-ut.

Un alle Wek eenmol — güngen wi dree — obends no Fierobend — tohoop an 'n Diek — to Beseuk no de annern grooten Dierns, — mol no Meta Kölln, un mol no Trino Mees, — un mol no Dora Mattens. Un doar wörd denn jümmer 'n beeten häkelt un 'n beeten knütt — un ganz veel vertellt un lacht.

Un wenn wi denn — so bi Klock teihn rüm — wedder all dree — üm 'n Westerdiek rüm — un no Hus wulln, un dat wür buten so balkendüster, — doar brenn de Tied jo keen Licht un keen Lamp — ne an 'n Diek un ook ne in de Hüs, — denn müß de gröttste van uns (un dat wür Greta Bierns, un de kunn ook in 'n Düstern am besten kieken) — de müß denn ehr Kleed un ehrn griesen Ünnerrock — (de güngen jo beid bit up de Hacken dol) — de müß se achter hoochnehmen — bit ünner de Arms — oder bit ober de Schuller —, un müß denn as ierste vörup. Un ick — as de tweete — müß dat mit mien ganze Kledosch jüst so moken — un müß dicht achter ehr ran, un müß uppassen, dat ick ehr — witte Büx (de güng jo ook bit wied ober de Knee dol) ne ut de Oogen verliern dä. — Un Doris Deetels — as de drütte achter mi — müß dat jüst so moken, un müß jümmer scharp no mien witte Büx kieken.

Un so güngen wi denn — all dree — een achter de anner — Foot vör Foot — up den ooln smalln Westerdiek langs. Un de Diek wür jümmer glitschig, — de harr keen Rickels un keen Steen — un wür boben man knapp dree Foot breet.

Un wi kämen jo ut 't Lachen un Gniggeln ne rut. »Kommt Ji mit – achter mi!? Könt Ji mien Büx seehn? Ick hebb noch extro 'n reine antohn!« »Ne so gau, Greta!«

»Metto, nem büst?« »Hier doch!« »Ji möt dicht achter mi blieben! Un blooß jümmer no mien Büx kieken!«

Un denn jo wedder all dree an 't Lachen: »Oah ne!? Wenn uns hier een sehn dä!?«

»Wenn hier nu mitmol een achtern Boom stohn dä, un harr 'n Lamp in de Hand!?« Ober sowat geef dat do jo noch goar ne.

Noa, — un den een'n Obend, — ook wedder so stikkendüster, un de Diek so glitschig un small, — frog ick mol so no achtern hin: »Doris kummst du mit?« Un krieg keen Antwort. »Doris — wat is? Wonem büst du?«

»Hier!« jammert doar mitmol een — teihn Träd achter mi — un nerden in 'n Binnendiek: »Teuft mol eben!

Un hilpt mi mol! Ick bün utrüscht — un bün den halben Diek hindoltrümmelt!«

»Wonem büst du denn?« »Hier! Hier!«

Un wi beiden vörsten — lot uns Kleed un unsen Ünnerrock loos, un frogt un fummelt so lang in de Luft rüm, bit wi uns goode Doris wedder bi de Hand tofot — un up 'n Diek rup hebbt. Un denn jo ierstmol — all dree — fördull an 't Lachen.

Un denn — wi beiden vörsten — wedder uns' Kleedosch hooch, dat de witte Büx free ward, — un wedder Foot för Foot wieder — bit no dat groote Schütt an de Landscheed. Un denn — de Röck dol, un all dree blangen een anner, un Hand in Hand wieder — bit no mien'n Buern sien Steg, — bit no Doris ehrn Hoff, — un Greta denn alleen — bit no ehrn Buern — up de hooge Wurt.

Harr wedder mol — all good gohn! Wür nix loos wesen, — ne. Ober — wat harr doar all kommen kunnt, — so in 'n Düstern —? Dree groote Dierns — in de besten Joahrn — in 'n Düstern — alleen üm 'n Westerdiek!?

»Wat meenst, wenn doar achter jeeden drütten Boom — een seten harr!? Dat geef so vel groote stebige Fischerjungs — bi uns an 'n Diek! — Ober ne, — wür woll doch beter so!«

Meen uns lütt Mudder nu ook!

Afleggers

Hebbt Ji bi Jo in 'n Hus' ook Bloomenpütt — up de Finsterbank —? Jo? Ook son Stücker teihn verschieden Slag? — Jo? Un — wonem hebbt Ji de her? In 'n Loden — köfft? Ne!? Würklich? — Oach wat!? Un de sünd bi Joo — doch togangen kommen? Dat verstoh ick ne!

Bi uns hett dat freuher jümmer heeten: »Afleggers möt so heemlich afknipst un mitnohmen warden! — An's kommt se ne!« — Un dat hebbt se hier freuher all mokt! Dat hett sogoar mien lütt Mudder don, de ans' doch niemols een'n Penn — oder een lütt Stück Dings mitnohmen hett, wenn se dat ne betohlt harr.

Jeedesmol wenn Mudder in Oolland oder hier up de Lünbörger Siet — eenerwegens to Beseuk wesen wür, denn bröcht se — heemlich in ehr Tasch — twee oder dree lütte Afleggers mit, un kreeg de ook jümmer fein togangen. — Un wenn Mudder sülben mol Beseuk harr — hier in uns' lütt Döns, denn sä se — so geegen Obend —: »Ick mütt nu eben mol in 't Schuer — un mütt mien Swien füddern. Wenn Ji Jo — in de Tied — mol mien Bloomenpütt ankieken wöt —? Se hebbt wedder allerhand Utscheeters mokt!«

Un wenn de Beseuk weg wär, denn keek Mudder all ehr Bloomenpütt no, un sä: »Fief lütte faste Afleggers hebbt se sick afbroken! Noa, lot jem! De sünd bi jem in goode Handen!«

Dat 'n ook Bloomenpütt un Bloomen käupen kunn, dat hett hier freuher keeneen weten, — un dat harr woll ook keeneen gläuft, — 'n Bloomloden geef dat hier jo noch ne.

Mien Bru'er Jann — weet ick noch — de bröcht mol van Karkmeß (van Finkwarder Markt) son lütten scheunen Schoo-Boom mit no Hus (Pantoffelbloom heet de nu jo woll). Un Mudder wüss ierst goar ne, wat se seggen schull. Un denn füng se an to frogen: »Wu kummst du doar bi?« »Hebb ick gewunnen, Mudder!« »Wat heet gewunnen? Hest du den so mitnohmen?« Ne, Mudder, — ick hebb dreemol up son ool Rad — mit luder lütte Löcker — haut, un hebb tweemol de Nummer söbenteihn dropen, — un — bums harr ick düssen Putt!«

Mudder wür noch jümmer ganz benaut: »Un wu düer is di dat worden?« »Dreemol uphaun — een'n Groschen, Mudder!«

»Also doch betohlt!« segt Mudder, un schüttelt mit 'n Kupp: »Oach, mien Jung – *denn* kummt doar jo doch nix no!«

Un doar is denn ook würklich »nix no kommen«, de Boom hett sick bi Mudder up de Finsterbank doot bleuht, un is denn — verdreut un versuert — un is mit up de Missen kommen.

★

Nu weet ick ne, wat de Tieden anners worden sünd, — oder wat sick de Bloomen ümstillt hebbt, — wi hebbt uns — vör twee Joahr — van de Kanarischen Inseln — twölf groote feine Grono-Afleggers mitbröcht, — klaut jo eegentlich ne, denn de Geranien waßt doar jo wild —

un stoht as groote Hecken — mihr as mannshooch — mit armdicke Stengels — an de Strot langs. Ober — wi hebbt jem jo ook ne betohlt, — blooß eben: Eenfach so mitnohmen.

Meenst, wi kunnen de Dinger hier togangen kriegen!? Wuddeln hebbt se mokt, jo, — un groot sünd se ook worden, ober — se bleeben jümmer dreug un kohl, harrn weenig Blöd un bald goar keen Bloomen. — Mann, —?! Un doar up Gran Canaria — doar harrn se so vull Bloomen seten, un würn so dicht un so greun wesen, — doar harrn wi jo man knapp mit 'n Arm twüschen kunnt.

Ick segg to mien Froo: »Dat verstoh ick ne! Hest du doar denn doch wat för betohlt?!«

»Ne, ne«, segt mien Froo, »wu schull ick woll, — doar wür doch keeneen!«

Ick segg: »Stopp mol eben! Du hest doch den letzten Dag — hest du doch de beiden Dierns — un den Gärtner wat geben —?!«

»Hebb ick, jo — harrst du mi doch ook segt!«

»Un de Gärtner hett dat meiste kregen! Dree Mark ungefihr! Un wat hett he man noch segt — as Dank —?«

»Karamba!« hett he segt, un dat heet up Süddütsch: Sapperlott!«

»Sühst 't woll!? Dree Mark — för de Aflegger — för uns' Gronos! — Un denn wunnert wi uns noch, dat de Dinger hier ne wassen wöt? Boar Gild — för Bloomen —? Wat hett uns' Mudder segt to unsen Jann: »Oach ne, *denn* kummt doar jo doch *nix* no!«

Un dat gläuf ick nu ook, un denn könt wi uns' Gronos ook man giern wegsmieten!

Mudder neiht ’n Kumpass

Hunnert dree un twindig Joahr — wür uns’ lütt Mudder nu al oolt worden, — (wenn se ne — vör 36 Joahr — bi ’t Starben — to Dood kommen wür.)

Vör 36 Joahr nu al!

Mann, wat harr de noch all beschicken kunnt, wenn se so — in ehr besten Joahrn bleben wür! Wat harr de noch för Himp spinnen kunnt — as Kurrgoot för all de grooten Netten to ’n Schollnfischen buten up See. Wat harr de noch ’n barg groote dicke Handschen un Strümp knütten kunnt — för all de Lüd bi uns an ’n Diek.

Un wat harr de noch ’n barg — deftige Klappenbüxen neihn kunnt — för all uns’ grooten Seefischers un Buttpedders!

Uns’ Mudder wür jo woll de lüttste Fro van ganz Finkwarder. Un se käm ut Oolland. Un se hett hier bi uns jo goarkeen »Froo Kinau« heeten, — se is hier jümmer »de lütt Metto Holsten« bleben.

Bi uns beheuln freuher all de Froonslüd — jemehrn Diernsnom — bit an jemehrn Doot. Ook wenn se eenoder tweemol verheirot würn.

Un ook de Nöms van de Kinner wörden bald jümmer tohoop mit den Diernsnom van der Mudder segt. Uns’ Jann — Gorch Fock — heet hier up Finkwarder jümmer noch — bi all de ooln Lüd — »Metto Holsten ehr Jann«,

— un ick blief woll ook tiedslebens: »Metto Holsten ehr Ruroff« — un dat mag ick ook bannig giern hörn.

So lang wi noch all in 'n Hus' würn — un jeeden Dag no School müssen, un Vadder wür bald jümmer up See, — hett Mudder woll ne veel »annern Krom beschicken kunnt«, — ober as de grooten Kinner ut de School würn, — kreeg Mudder — blangen dat Spinnrad — ook noch uns' oole Neihmaschin in de gangen, un nu güng dat Ratteln ierstrecht loos, jeeden Obend, bit in de Nacht.

Wat se neihn dä, doar bün ick lange Tied hindör goar ne recht klok ut worden. Uns' eegen Tüg un Ünnertüg — un ook Vadder sien groten Fischerbüxen — harr se jo al jümmer sülben neiht, ober nu güng se alle Wek eenmol — ook noch obends in 'n Düstern — mit 'n groten swatten Dook vull Tüg — langs 'n Diek, — un käm no 'n gode halbe Stündn ook wedder mit son groten Dook vull Tüg wedder no Hus.

»Mudder, wonem büst du noch hin wesen? No den lütten Tügloden? Un wat hest du doar mokt?«

»Oach, ick hebb'n beeten mit Gesine klöhnt!« »Un wat hest du doar för Tüg mitbröcht?«

»Tüg —? Oach so, dat Tüg! Jo, doar — doar schall ick luder Fischerbüxen ut moken!«

»För unsen Vadder? Un för sien Lüd?«

»Jo un ook för all de annern Fischerlüd — hier bi uns an 'n Diek!

So, un nu frog mi man ne mihr, nu goh du man fein up 'n Bett, un slop!«

Un Mudder seet wedder de halbe Nacht un rummel mit de Maschin. — Un meist jeede Wek müß ick eenmol no Gesine Focken langs, un müß seggen: »Gesine, —

Mudder hett wedder een Deel ne mitkregen: Tweemol ’n halben Meeter swatten Kallikoo — to den Puckel in de West!«

»Oach jo — is jo ook woahr«, sä Gesine denn. — »Stopp man, ick gef Di dat eben!« Ick segg: »Gesine, neiht Mudder denn ook Westen?« »Jo, to jeeder Büx hört ook ’n West!« »Un ook ’n Jack — mit Kneup?«

»Ne«, segt Gesine, »Jacken drägt uns Fischerlüd jo bald goar ne!«

Jä, un ’n half Joahr loter, — käm uns Vadder ook mol wedder ut See no Hus un wür bannig benaut un still, — em wür bi den letzten Störm up See — dat ganze Nachthus van Deck haut, — Kompaß un Lamp, — allns weg.

Nu harr he eben hört: Son lütt Nachthus kunn he noch van Jann Stüerholdt kriegen, meist ümsünst, — un Hinnk Feldmann harr noch ’n gooden Kompaß stohn, ober de schull — teihn Doler kösten, denn dat wür een van de ganz gooden.

Mudder sä goar nix. Mudder güng still no ehr Komood ran und lang mol in ehr lütt Schuw rin, — un denn sä se sinnig: »Vadder, mok mol dien Oogen to! Un denn tell mol sinnig bit dree: Een, twee, dree!«

Un as Vadder sien Oogen wedder open mok, — do harr he teihn blanke Dolers in de Hand, — un Mudder sä wieder nix as: »Van dien lütt Büxenneihersch, Vadder! För Hinnik Feldmann sien’n Kompaß! — Dat du man jo — jümmer wedder fein no Hus finden kannst!«

Komm man bald!

Du büst wied weg up hooge See,
harrst föftig Dog keen Land in Sicht,
keen Stück to sehn in Luv un Lee,
keen Foahrtüg un keen bebern Licht.

Blooß Wind un Woter üm di rüm,
un boben di de swatte Nacht.
Un wied vörut — de graue Kimm
löppt jümmer vör di her un — lacht.

Lacht di wat ut. Un du — lachst ook,
un stürst getroost dien'n Kurs liekut,
kickst no de Seils, no 't griese Dook,
un dinkst an mi, an dien lütt Brut.

Komm man no Hus! Ick lur up di.
Weeß doch, mien Jung, — ick bün di good!
Un hest du Heimweeh hatt no mi, —
mien Heimweeh drückt dien Heimweeh doot.

Uns' Ies in 'n Sommer

Wenn 'n dat so bedinken deit mit de Iesfabriken, un mit vulle groote Keuhlanlogen, — un mit all de Iesschuppen bi de Lüd in de Stadt, — denn kann 'n dat jo bald ne mihr gläuben, dat vör 'n goode sößtig Joahr — noch meist all dat Ies, wat in 'n Sommer hier in Dütschland brukt warden dä, in groote vierkantige Blöck van Norwegen kommen dä. — Mit groote höllten Seilschep — ohne Motor.

Boben in Bergen un in Drontheim wörden de Schuners un Briggen vullpackt, — un kämen denn (no dree Weken Reis) — in Hamborg an. Un pumpen hier — bi 't Löschen — al 'n ganz Deel van jemehr Block-Ies wedder as Woter ut de Schep rut. Un doarüm köst dat Ies van Norwegen her — hier ook jümmer noch 'n barg Gild, — un wür för uns' Fischerlüd vel to dür.

Ober — Ies müssen uns' Fischerlüd hebben, wenn se ook in 'n Sommer goode lebendfrische Woar an 't Markt bringen wulln. Ohne Ies güng 't ne mihr.

De ool Gierd Eitzen hier bi uns an 'n Diek: De keek jo woll wat wieder as all de annern. Gierd leet sick dicht vör dat breede Brack up 'n Neß – leet he sick 'n grooten Ies-Schuppen boon, mit 'n ganz dick Reetdack, un mit duppelte Wanden un mit twee groote Sputen: een van 't Brack her so schräg no boben bit dicht ünner 't Dack no de lütt Luk, — un een wedder van doar no binnen in 'n Schuppen rin bit dicht boben de Grund.

Vier Weken vör Wihnachten wür he mit allns kloar. Teihn Dog vör Wihnachten käm de ierste scharbe Frost. Un den Dag no Wihnachten leet Gierd Eitzen den ganzen Diek langs — Hus för Hus Bescheed seggen: »Morgen fangt wi bi dat »Af-iesen« an, — un dat geiht van Klock acht bit Klock vier. Un dat gift för jeeden Dag för jeeden Mann twölf Groschen.«

55 Mann würn den annern Morgen an 't Brack. 30 kunn Gierd man bruken, — de annern 25 müssen ierstmol tokieken. Un wi Kinner würn jo ook all doar. Un denn güng dat Arbeiden los: Vier Mann müssen dat Ies utmeten un indeeln, un müssen doar mit son lütten Ploog Streken up langs kratzen. Acht Mann kreegen jeeder 'n groote scharbe Sticksog, un müssen dat Ies in lange Stremels — un de Stremels wedder in Stücken sogen. Jeeder Stück wür den dree Foot lang un dree Foot breet, un een'n Foot dick.

Un denn güng jo ook bald dat Up-Iesen loos. Dat füng dicht bi 'n Schuppen an. Doar stünden twee Mann mit 'n Peekhoken — un reeten den iersten Iesblock up de Sput rup, un scheuben em good twee Meeter heuger. — Doar stünden twee annere Manns al kloar, un scheuben den Block mit de Hand — mit groote witte Fusthandschen an — ook wedder 'n ganz Stück heuger. Un so güng dat noch fief oder söß mol, bit de Iesblock boben in de Luk wür, — doar reep de letzte Mann denn — no binnen hin: »Ünnerrut! He kummt!« un leet den Block up de tweete Sput in 'n Schuppen rin susen. Binnen würn denn wedder acht Mann an 't Upstopeln un Wegpacken.

Oh, wat geef dat doar all to kieken, — un to lachen! Up 't Brack, — wenn een van de Sogers 'n Stück afsogt harr, nem he sülben up stohn dä, — un dat sack em denn mitmol ünner de Feut weg, un he seet bit an de Bost in dat ieskoolte Woter, — un müß in 'n Swiensgalopp no Hus! — Oder bi de Ranholers, de de Blöschen no de Sput hinschippern schulln, un rutschen up dat glatte Ies ut, un lägen mitmol platt up 'n Buk un kunnen ne wedder hooch kommen. — Wat wür 't 'n Leben un 'n Larm up 't Brack un an de Wall!

Twee Dog duer dat Iesen. Denn wür dat Brack leddig. Un nu müß dat ierstmol wedder 14 Dog friern. Denn käm de tweete Schicht. Un dree Weken loter de drütte. Un denn wür de groot Schuppen ook bald bit ünner 't Dack vull. Un Gierd Eitzen kunn den ganzen Sommer — an all uns' Fischerlüd — Ies verkäupen, — billig un good.

Un wenn uns de grooten Iesfabriken — mit jemehr ool »Kunst-Ies doar man ne twüschen kommen würn, — un wenn Gierd Eitzen man ne — vör 40 Joahr storben wür, — un sien Ies-Schuppen wür ne afbroken — un dat Brack wür ne toschütt worden, — denn — denn leet Gierd vanobend woll ook noch Bescheed seggen: »Morgen geiht dat Iesen loos!«

Jägern

»Junge, jo — dat Jägern!« segt Jakob Müller. »Dat mokt 'n barg Spoß! Un — kannst ook fein wat mit verdeenen. Wenn doar son beeten Glück bi hest, — wenn di dat all son beeten mitlöppt!

Ick hebb al as Jung mol jägert, as ick eben ut de School wür, gliek den ersten Obend klapp dat bi mi. Söben Dohler blank up 'n Disch!

Mien ool Korl-Unkel, he wür jo een van de öllsten Jägers. Un wür de erste Soozioldemokrat bi uns. Wenn he langs 'n Diek güng, denn bummel em sien roote Taschendook meist bit up de Stebeln. Un wenn he sien »Blatt« kriegen dä, un he kreeg dat to weten, dat sien August Bebel mol wedder fix up 'n Disch haut harr in Berlin, denn les he sick allns, wat Bebel segt herr, söbenmol dör, les dat solang, bit he 't all butenkopps wüß. Un denn reet he dat »Blatt« in Stücken un knüll sick de Stücken to Klüten, un propp jem in sien groot Duppelflint rin. Un teug sien Jägerstebeln an un schipper loos mit sien 'n lütten Kohn, bit achtern hoogen Neß. Doar seet he de halbe Nacht alleen in de Beesen un spel Bebel, gröhl öber de Elf, so good as he 't kunn, un ramm mit de Fust up de Ducht, dat dat dröhn.

Ontjen un Dükers kreeg he goarne to seehn, de fleugen jümmer in 'n grooten Bogen üm em rüm. Bit he denn toletz sien beiden Schüß mol so up good Glück in de Nacht rinknalln dä. Dropen dä he jeedesmol wat: he kunnt 't denn blooß ne finden in 'n Düstern, käm jümmer wedder mit 'n leddigen Kohn no Hus.

Ober nu de letzte Tied, nu wür 't anners worden. He harr sick tohme Ontjen holt, dree feine bunte Lockontjen. De bünd he 'n Band an 't Been, un smeet jem denn dicht bi 'n Kohn, so eben achter de Beesen, mit son lütten Steen to Anker. Denn füngen se an to quarken un locken de willn Ontjen an, un denn harr he jem recht vör de Flint un kunn jem fein een 'n puhln. Tweemol harr he nu al so een schoten, un harr ehr mit Lachen un in Snacken langs den Diek drogen, as wenn he 'n Seeslang grepen harr. Oder jedesmol wür ook een van sien Lockontjen weg wesen. Wür em wegflogen, sä he. Un wenn ick 't ne recht gläuben wull un wull em noch wat frogen, denn sä he blooß: »Hest jo keen Ohnung van 't Jägern!«

Ick harr ober doch al 'n Ohnung. Kunn al fein scheeten. Ne blooß mit 'n Flitzbogen un mit Karberswutteln, ne, nu toletz ook al mit son richtige Scheetdinger. To mien 'n Geburtsdag harr Vadder mi son lütte Pistool mitbröcht, so mit son Gummidings an de Wand to scheeten: Ganz van 't Brootschapp to dreep ick gliek dat Kökenfenster, jüst in de mittelste Rut, in dusend Stücken, forts den ersten Slag. Ober Mudder harr doar jo so keen 'n Sinn för un nähm mi dat Dings wedder weg. Un up Karkmeß harr ick ook jümmer schoten, harr meist all mien Gild verknallt, wür goarne van de ool Scheetbood wegkommen. Un harr denn ook richtig dree groote Ordens kreegen, dree feine Ordens, un fix een 'n an 't Mul, ick harr toletz ook noch den Kirl sien Lamp tweischoten. Un in 'n Sommer wür ick ook al mol mit Julus Jansen sien Luftgewehr loos wesen, harr up de Weid no Spreen schoten, eenfach so in 'n Busch rinknallt. Un harr — meist un meist — Kassen Pnitt sien 'n grooten Koter dropen, ohn lang to zieln.

Un nu wür 't wedder Winter, wür so wat 'n vier Weken vör Wihnachten, de Elf al ganz vull Is un Snee. Un ick wull so gern mol eulich jägern, wull so gern mol mit 'n richtige Flint loos, mol so regelrecht up de Jagd.

Korl-Unkel harr al 'n poarmol segt, he wull mi mol mitnehmen, un ick schull denn ook mol scheeten, ober he käm jo ne so wied. Harr jo jümmer wat anners in de Luer.

Un den Obend harr he ook wedder keen Lust. He harr noch allerhand to schoostern, sä he, un müß sien Kninken noch futtern, un all son Krom.

»Denn lot mi doch mol alleen loos, Unkel! Kannst mi dien Flint doch al gern mol mitgeben. Krigst ook dat halbe af.«

»Dat halbe?«

»Jo, wenn ick wat scheet, denn verkäup ick dat, un denn deelt wi. Ick tell di dat Gild blank up 'n Disch.«

»Un dat, dat sünd bit Wihnachten noch keen fief Groschen, weeß dat?«

»Un ick segg, dat ward ton weenigsten fief Dohler!«

»Fief Dohler? Wenn du mi bit Wihnachten een 'n Dohler wiesen kannst, een 'n eenzigen Dohler, bi 't Jägern verdeent, denn kannst du den ganzen Winter mit de Flint loosgohn, jeeden Dag, krigst Pulver un Papier to. Un wenn du 't ne kannst, —«

»Denn, Unkel, denn schink ick di Lockontjen, twee Stück wedder, betohl ick ut mien 'n Spoarputt.«

He keek ut 't Finster un knipper mit de Oogen. Denn

dreih he sick üm: »Good! Afmokt! Wannehr wullt du loos?«

»Jä, am leefsten gliek.«

»Jo, is mi recht. Ick mok di eben de Flint kloar. Goh man al rup un teeh di an: Groote Stebeln, witten Kittel, witte Mütz.« Un denn keek he wedder in de Eck un grien: »Wullt de Lockontj ook mithebben? Denn stek ick ehr eben in 'n Bütel.«

»Jä, weet ne. Na jo, gef mi ehr man mit.«

Halbe Stündn loter güng ick al loos, as son richtigen Jäger, allns üm un an, de groot Knallerbüß över de Schuller, den Sack mit de Ontj up 'n Puckel. Un güng den Diek dol un över de Wisch. Un dach noch mol wedder an Korl-Unkel sien ool Grienen. Wat harr dat woll to bedüden hatt? He harr jümmer allerhand Knep in 'n Kopp. Ober ick wull woll uppassen, mi schull he gewiß ne fotkriegen.

Un ick krabbel mi van de Wall hindol un goh up 't Is langs bit no 'n hoogen Sickbarg rut un pack mi jo allns fein trecht, erst dat lütt Brett, nem ick up sitten will, denn de Flint so schräg gegen 't Is, un denn goh ick jo son teihn Träd wieder, un will mien Lockontj ut 'n Bütel kriegen, de schall doar denn so liek vör mi up 't Is sitten un schall quarken. Do will dat Dings ne rut, kann ehr goarne recht fotkriegen. Un as ick den Bütel noch wieder open mok, un will doar mol rinkieken, — do — do springt doar upmol son groote graue Knink rut und flutscht mi twüschen de Been dör un sust hin un her över 't Is.

Erst bün ick jo rein benüßt. Un denn krieg ick dat Fluchen. Un denn achter ehr ran. Un kann ehr ne fotkriegen. Un dink mitmol: »Dootscheeten, dat Aas! He hett jo sülben schuld!« Ick riet de Flint an de Back, un drück loos. Versegt dat Beest! Ick nehm den annern Hohn. Knipps! geiht dat blooß, 'n Schuß kummt 'r ne rut, sitt wieder nix binnen as luder Papier.

»Verdammte Korl-Unkel!« Ick stoh noch un kiek, do sust de Knink doar jüst wedder üm de Eck, un denn mitmol röppt doar een wat, un denn knallt dat achter mi loos, so ganz kott un scharp, as wenn een mit de Pietsch haut, un dat knallt mi up 'n Achtersteben, dat ick gliek steil in de Luft fleeg, un sett mi denn platt up't Is. Un weet noch goarne recht, wat loos is. Do kommt Julus Jansen doar achter son Sickbarg rut, sien ool Luftgewehr noch in de Hand: »Büst du dat, Jakob? Hest den Hosen eben seehn? Hebb em noch fix een'n brinnt, ick gläuf, he hett wat kregen.«

Ick kunn noch goarne snacken, kunn wieder nix as jammern un schüern.

»Wat hest du?« segt he. »Hest falln?«

»Ah wat falln!« segg ick. »Dootschoten hest mi. Bleudsinnige Knecht! Kannst denn ne kieken?«

Do kunn he kieken. Son Oogen. Ober do wür 't to lot. Do müß he mi up 'n Buckel no Hus drägen. Un müß in 'n Galopp no de Au un den Doktor holn. Un de Doktor müß mi negenteihn lütte Schrotkörns ut de Been puhln. Un ick müß erst mol veerteihn Dog up 'n Buk liggen, un denn noch acht Dog an 't Finster stohn.

Un Korl-Unkel käm jeeden Obend no mi rup un grien. Un freug mi no de Lockontjen un no den blanken Dohler. Un vertell mi dat Neeste van Bismarck un Bebel. Un stopp sien ool »Blatt« in de Flint un güng up de Jagd.

Un dat groot Wihnachten käm jümmer neuger; ick much 'r al goarne mehr an dinken.

Ober denn mitmol leep 't doch noch all' ton Gooden:

Twee Dag vör 't Fest güng ick no 'n Doktor un leet mi gesund schrieben. Un güng no de Kaß un hol mi söben Dohler Krankengild. Un tell jem gliek bi Korl-Unkel blank up 'n Disch: »All bi 't Jägern verdeent!«

Dor wür ick mit een'n Slag wedder bobenup. Kunn de Flint den ganzen Winter kriegen, jeeden Obend.

Ober — loosgohn bün ick ne wedder.

Schall jümmer son beeten Glück bi wesen!

No Helgoland

Sünd Ji ook al mol mit 'n Damper no Helgoland wesen? Jo —? Hett Jo dat ook so gohn as »Hein Meier, Kuddl Dreiher, de Fleegenwirt Jann Witt, —?«

Ne —? Oach, dat möt Ji mol mitmoken! In 'n Sommer mol, van Hamborg ut, villicht mit dat »Wappen« oder mit de »Alte Liebe«, — up 'n Sünndag in de Ferien, bi good Wetter! Rut ut'n Hus – un rut ut de Stadt! Hindol no 'n Hoben! Un doar denn — mit Hurroh — rin in dat Geweuhl!

Al gliek up de Landungsbrück, — Mann, o Mann! Wonem kommt denn blooß all de Lüd her! Un wonem wöt de all hin? Dat sünd jo woll mihr as dusend Minschen!? Un de wöt all up dat een Schipp rup? Un wöt all no Helgoland! Un dat grode nu — vandog?

»Lot doch dat Steuten un Schuppsen no, Mann! Sühst doch, dat ick ook ne wieder kann!« »Langsam, langsam! Nicht so drängeln dahinten!« – »Jo, du hest good snacken! Du büst al gliek ran no de Trepp! Ober wi hier achter —?«

»Immer mit der Ruhe!«

So, — endlich sünd wi ook üm de Eck, — un stappt no boben. Dat lütt Paket mit uns' Bodderbroot is platt as 'n Pannkooken, un an de Jack fehlt mi de tweetböbelste Knoop, — ober wi sünd an Deck un dat is Sommer. Wat brukt wi 'n Jack mit Kneup?!

Nu man ierst mol gau 'n Platz seuken! Nerden up 't Vörschipp is al allns besett, un achter is 't ook al all vull. Denn man gau – een Trepp heuger! Ne, ook doar is keen Stoohl un keen Bank mihr free, un an de Butenkant, an de Reling is al lang ne mihr rantokommen. — Noa, denn stoht wi eben, — in 't Middel, bi de Mast! — Hauptsok is, dat wi mitkommen sünd, un dat wi de Been an Grund hebbt!

Junge, Junge! Wat is dat nu vullhandig! Un wat ward dat nu al warm hier, in de pralle Sünn, twüschen all de Minschen! Oach wat, — man goar ne an dinken! Dat rangelt sick noher all van 't sülben trecht, wenn wi man ierst —

So, nu tut he! Un nu smiet se jo woll de Trossen loos, — seehn könt wi dat ne, ober doar hett eben een wat roopen, un — jo, nu kommt wi in de gangen, — un nu geiht 't mit Musik »zum Städtelein hinaus, und du mein Schatz bleibst hier!« — Oach, wat hett de »Schatz« dat good, dat de ne mitbrukt!

Ober hier is jo ook 'n barg to kieken un to hörn — in dütt Geweuhl, — un de Tied, de löppt. No dree Viddelstünden sünd wi al bi Schulau, un — hört »Stadt Hamburg an der Elbe Auen!« Un: »Wir wünschen dem Schiff eine gute Fahrt!«

Joa, — Foahrt loopen deit he genoog, — in vier Stünden sünd wi al in Cuxhoben an de Ool Liew, un doar stiegt noch 200 Minschen to, — un nu geiht an Neewark un an de Füerschep langs un no See! — Ahoi! — Un boben uns fleegt de Meeben, un de Musik spelt so scheune Melodien.

Ober toletz sünd wi denn doch hin, nem wi (un all de annern 1600 Minschen) hin wöt. Mit eenmol liggt de groot rootbrune Filsen vör uns, — Helgoland, dat hillige Land. — Oach, un nu kriegt de Lüd dat hild! Nu geiht dat Steuten un Schupsen wedder loos, — een will noch ihrer in de Boot as de anner. Un de tweete Boot will noch gauer an Land as de ierste. — Un dat is ook man 'n Ruffdi Sok, dat duert keen halbe Stünden, — do sünd wi al de Letzten!

Oah, un nu kummt dat beste, — dat allerbeste van de ganze Ries: Wi brukt ne mit an Land! Wi könt an Bord blieben! — Ick hebb den Stüermann un ook den Oberstuart eben frogt, — un se hebbt beid segt: Wi könt nu hin un herloopen — dör 't ganze Schipp — un könt uns dolsetten, wonem wi wöt! — Oah, man good, man good! — Junge, wat 'n Glück!

Oah, un nu liggt wi vier vulle Stünden mit uns' groot fein Schipp in den smalln Priel twüschen Helgoland un de Dün vör Anker, — un kiekt rundüm up de See un up den Hoben, un klönt un dräumt, — un freit uns — teihnmol so dull as »Hein Meier, Kuddl Dreiher un de Fleegenwirt Jann Witt!«

Un wenn uns nu morgen een frogen deit: »Noa, wu wür 't denn up Helgoland?« denn seggt wi: »Fein!« un dinkt achteran: »Hebbt de Lüd uns vertellt!« — Un wenn uns een frogen deit: »Wat süht de Insel denn nu ut?« — denn seggt wi: »Van wieden noch meist ebenso as — vör föftig Joahr!«

Kolumbus

Hebbt Ji — freuher in de Schooltied — ook al mol wat van Kristoffer Kolumbus hört? Jo? Un hebbt Ji doar ook so vel van behooln as de ool Jann Diers — bi uns? Jann Diers segt: »Kristoffer Kolumbus is 1446 in Genua geborn, — un is 1492 — van Sponien ut — mit dree lütte hölten Schep loosseilt, — un hett no 70 Dag platt vör de Wind — ohne, dat he dat wull, un ohne, dat he dat al gliek wüß, — hett he Ameriko entdeckt!«

Süh, so vel weet Jann Diers doar noch van. Un vel mihr hebb ick ook ne — van Kristoffer Kolumbus weten, — heuchstens noch, dat he nu al lang doot is, un dat de meisten Minschen em al vergeten hebbt. — Ober nu van 't Vörjoahr — bün ick mol in Barcelona wesen, — un hebb em mol besöcht.

He steiht doar — dicht an 'n Hoben — up son grooten iesern Pohl, — 60 Meeter heuger as de See, — un he is woll good dreemol so groot as all de annern Minschen in Sponien sünd.

Ganz bün ick ne no em rupkommen, — de lütt Foahrstoohl geiht blooß bit — twee Meeter ünner sien Feut. Un dat is woll ook recht so, denn an's harr sick jo doch jeeder Hans un Franz an sien grooten Scheuh oder an sien barften Been »verewigt« — (as dat jümmer so scheun heeten deit.)

Een goode halbe Stünden hebb ick doar boben ünner

sien Feut stohn, un hebb no all de Kanten utkeken, un hebb dacht: Wat mag dat hier woll — 1492 — utseehn hebben? De See un dat Land is do woll al jüst so wesen, — ober de Hoben un de Stadt —?

Un denn bün ick wedder dolfoahrn, un bün no 'n Hoben rangohn, un hebb mi Kolumbus sien »Santa Maria« mol ankeken. Dütt is nu ne mihr dat Schipp, nem he würklich mit loos wesen is, — ober dütt is genau in de Grötte un mit allns an Bord so nomokt worden, as dat oole Schipp wesen is.

Oh Kinners, wat för 'n lütt eenfach Foahrtüg! Goar ne vel mihr as 'n grooten Frachteber, — as son ooln Tweemastschuner, nem uns' Grooßvadder vör hunnert Joahr — Stehn un Törf mit schippert hett.

Un wat is dat all deftig un klobig an Bord. Dat Tauwark un de Blöck un de Seils un dat ganze Geschirr. Un dat groote allmächtige Ru'er — free achter 't Heck. — Un denn Kristoffer sien lütt düstere Kajüt ünner Deck. — Un dat eenfache Logis för sien Lüd, — de lütten ingen Slopstäden, un den Disch in 't Middel üm de Mast —! Wat de woll all to hörn kregen hett, doar buten up See, — as se al son goode 60 Dog ünner Seils würn, — jümmer liekut, un jümmer so wieder, — un doar is keen Land un kummt keen Land, — is allerwegens blooß Woter, nix as Woter, — un keen Minsch weet, wonem de Reis denn eegentlich hingeiht. — 'n ganz Deel van jem hett keen'n rechten Moot mihr, — welk fangt al an to quarken un haut up 'n Disch. »Verrückten Krom is dat mit uns! Bleudsinn — un wieder nix!«

»Denn stieg doch ut, — wenn du keen Lust mihr hest!« — »Dat doo ick ook bald! Ober denn nehm ick di — un em doar up 't Achterdeck — nehm ick mit!«

— Un nu mag ick dat Hin un Herstrieden ne mihr hörn. Nu goh ick sülben mol no achtern un no boben, un dink mi doar mol rin, — wat em — wat Kolumbus woll all so dör 'n Kupp gohn is — den letzten Dag van sien ierste groote Reis, — 70 Dog jümmer so wieder in 't Ungewisse rin. — »Doar mütt doch toletz wedder Land kommen! Dat kann doch ne ewig so blieben vörut! Mol mütt dat Woter doch all un to Enden wesen! Un denn möt doar wedder Bäum un Büsch stohn! De Ierd is doch rund, — un wi —!«

Un nu röppt dat mitmol van boben ut 'n Mastkorf: »Land! Land!« — Un all sien Lüd strömt as wild an Deck, un entert an de Wanten up: »Jo, jo! Is Land in Sicht! Land! Land!«

Un nu drei ick mi üm, un kiek wedder no dat groote Dinkmol an 'n Hoben. 60 Meeter hoch — steiht Kristoffer Kolumbus doar up den grooten isern Pohl, un — ick weet ne, hett he dat ierst — as ick bi em boben wür — ook al don? — He wiest nu mitmol mit sien 'n rechten Arm — hooch öber den Hoben weg — un wied no See rut — no 'n Westen, — as wenn he to all de Sponiers — un to all de Minschen an de Mittellandsee seggen deit: »Verget de groote Foahrt ne! De Wilt is wied, un de Ierd is rund! Un de Tied geiht stüttig ehrn Gang! — ›Santa Maria‹ — hett mien lütt Schipp heeten! — De keen 'n fasten Glooben hett, un de nix wogen deit, — de kann ook nix gewinnen!«

Tweemol Strandleben

Dat wür in 'n Winter — teihn Dog no Wihnachten, — un wür — för uns — doch midden in 'n besten Sommer — an de Südoostkant van de groote feine sponische Insel »Gran Canaria«.

Son goode hunnertföftig Ferien-Gäst — de meisten woll ut Sweden un Norwegen — sünd buten up 'n Strand an 't Turnen un an 't Speln. Mannslüd un Froons, Jungkierls un groote Dierns, all in bunt Turntüg oder blooß mit 'n Swümmbüx an, lacht un danzt un springt doar rüm — as utloten Kinner an 'n Sommerdiek.

Een van jem spelt jo woll »Gymnastik- oder Turnliehrer«, — he steiht up son lütten Sandhümpel un mokt dat vör: De Arms rulln, de Been smieten, den Kupp hin- un herdreihn, sick no achtern utrecken un no vörn dolbeugen, — jümmer wedder wat anners. Un all de Sommergäst an 'n Strand — mokt dat mit — un freit sick! Kinners Lüd, wat is 't 'n Leben! Mitten in 'n Winter, un doch — hier in 'n besten Sommer, — bi söbenuntwindig Grod Warms!

Un an densülbigen Strand — blooß hunnert Träd wieder langs — an 't Woter — doar sitt twee lütte armselige Fischerkohns up 'n Sand, — sitt woll son goode hunnert Meeter utnanner. Un twüschen de beiden Kohns — sünd teihn sponische Fischerlüd — negen

Mannslüd un een Froo, — vördull an 't Rieten un an 't Trecken.

Se hebbt doar — son goode söbenhunnert Meeter buten vör de Küst — hebbt se 'n groot Nett utsmeten, — son groot Bütelnett mit twee lange Flünken, — un hebbt van jeeden Enden van de Flünken, — son groote lange Lien no 'n Strand ranschippert, — un teeht nu mit alle Mann (negen groote forsche Kirls und een Froo in swatt Tüg) teeht se dat groote swoare Nett — no 'n Strand ran. Söbenhunnert Meeter, verdwaß dör 't Woter, ut de deepe See rut, bit no 'n Strand rup. Meist annerhalf Stünden brukt se doarto! Acht Mann — an jeeder Lien vier — sünd jümmer toliek un egolweg an 't Rieten, — een achtern annern. Bit vierdig Meeter up 'n Sand rup — mütt de ierste, — denn smitt he de Lien dol, un löppt in 'n Galopp wedder bit no 't Woter ran, — un hokt sick doar wedder an de Lien fast, — un smitt sick mit all de Kraft, de he hett — in 't Geschirr. Un dütt »Geschirr« is wieder nix as 'n ooln tohoopgedreiten Sack, so verdwaß öber Bost un Schuller. Un de Mannslüd hebbt wieder nix an, as 'n ool Hemd un 'n griese Büx. Ober jeeder van jem deit sien best. — Jeeder krallt de nokten Teuhn in 'n Sand, un ritt, wat he man rieten kann. —

Ook de Froo — se is de jüngst al lang ne mihr — ober se löppt jüst gau wedder dol — un tüht un sweet genau so dull as de Kirls.

Annerthalf Stünden. Denn hebbt se dat Nett endlich sowiet, dat se den Stiert, den letzten Bütel, up 'n Sand rup teeht. — Un wat is doar binnen? Son goode dörtig Pund lütte Plieten, — dat Pund to 'n Groschen, — dat sünd so rund dree Mark, — för teihn Mann, — in dree

Stünden verdeent — wenn 'n dat Kloarmoken un utsetten mitreken deit.

Ick segg to den een 'n, de son beeten as de Öllste utsüht: »Bannig weenig, wat?«

»Oach«, segt he, »beter wat, as goarnix! Morgen ward 't mihr!« Un de annern nicktköppt, — un seukt de poar Fisch tohoop, un smiet jem in son lütte Ballje, un geft de — de Froo boben up 'n Kupp — un de geiht doar mit weg.

Ick segg to den Boos: »Is dat dien Froo?«

»Ne«, segt he, »dat is de Wetfroo van unsen teihnten Mann, — den hebbt wi vörig Joahr — verlorn — de is uns bi hoogen Seegang — buten vör de Kant öber Bord kommen un verdrunken, — un nu is — doar för — sien Froo bi uns bleben, — denn krigt se ook wieder ehrn teihnten Deel af, — för sick un ehr beiden Kinner. Se hilpt uns ober blooß an Land, — in de Boot nehmt wi ehr ne mit.«

Un nu geiht mi dat son beeten dör un dör, un ick much woll am leefsten all de negen Fischer de Hand geben. Ober — doar harrn se woll doch ne vel mit anfangen kunnt.

Un nu is achter mi — ook wedder Musik — ut 'n Trichter — to hörn. Un all de Sommergäst ut Sweden un Norwegen sitt sick — twee un twee geegenöber — un spelt »Backe-Backe-Koken«.

Un ick dreih mi sinnig üm — un goh weg. Un weet sülben ne: Much ick nu leeber bi de bunten Feriengäst wesen — oder leeber bi de brunen Fischerlüd? Ick meen — ick gläuf — ick weet 't —!?

»Ortsbestimmung«

Dat gift nu jo ook al — up son gotlichen Frachtdamper, de son teihn oder twölf Foahrgäst mitnehmen deit, — gift dat jeeden Meddag un jeeden Obend — för de »Gäst« — son richtige lütte Spieskoart, nem dat all so no de Reeh upsteiht, wat doar jüst mol wedder up 'n Disch kommen deit.

Du kannst di doar ne van 25 verschiedene — »Menüs« dat beste utseuken un bi 'n Kellner — oder bi 'n Stuart — bestellen, — ne, so is dat ne. Ober du weeß denn doch jümmer, wat de Krom hier an Bord un buten up See heeten deit, — ook wenn Ji bi Joo in 'n Hus' doar ganz wat anners to segt hebbt.

Doar kummt denn eben — bi de Seefoahrt — den Oberstuart sien »Poesie« un sien »Bildung« mit twüschen, — un de geiht mitünner sogar ook — in de genaue Ortsbestimmung mit rin.

Uns' Oberstuart — up den Banonenjoger »Pogensand« — uns' Richard Meiners ut Bützfleth — de füng doar al gliek den iersten Dag mit an:

»Hamborg« un denn dat Dotum — kunn he jo ne good mihr schrieben, — doar würn wi jo al 'n ganze Tied weg, — ober he schreef: »Querab von den Ostfriesischen Inseln«, un denn dat Dotum doar achter.

Un den tweeten Dag schreef he: »Im Ärmel-Kanal — zwischen England und Frankreich!« Un den drütten

Dag: »Auf dem Atlantik!« Un den vierten un föften Dag ook: »Auf dem Atlantik!«

Ick segg: »Richard, hör mol to! Dien ›auf dem Atlantik‹ — up de Spieskoart — dat müß du nu ne jeeden Dag schrieben, — dat ward jo mit de Tied langwielig!«

»Jä, ober — stimmen deit dat doch, — wi sünd doch up 'n Atlantik!?«

»Sünd wi, jo, — müß di mol wat anners utdinken! Schrief morgen doch eenfach mol: ›Im Mittelpunkt der Kimm!‹«

»Wat schall dat denn heeten? Doar sünd wi doch goar ne!«

Ick segg: »Doch! De Kimm — de geiht up See rundüm, — so wied as wi kieken könt, — no all de Kanten hin, — nix as Horizont, — un doar sünd wi jümmer genau in't Middel binnen!«

»Oach jo!« segt Richard. »Dat stimmt jo ook. Dat geiht! Dat schrief ick mol: Im Mittelpunkt der Kimm!«

Ick segg: »Du döst dat denn ober ne jeeden Dag schrieben! An's ward dat jo ook wedder langwielig —!«

»Ober stimmen deit 't doch jümmer!?«

»Jo, dat woll, — solang wi up See sünd, stimmt dat. Ober — du kannst di jo ook noch wat anners utdinken. — Schrief doch öbermorgen mol: ›Genau unter dem Zenith!‹«

»Wat is dat denn?«

Ick segg: »Dat is de Punkt, de genau liek boben uns is, un geiht ook jümmer mit uns wieder!«

»Un wi sitt doar jümmer liek ünner?« segt Richard. »Jo, du, dat mok ick mol: Senkrecht unter dem Zenith! — Fein! — Weeß ne noch mihr son Krom?«

Ick segg: »Jo, dat gift noch allerhand so wat! — Du

kannst ook noch mol schrieben: ›Viertausend fünfhundert Meter über dem Meeresboden!‹«

»Vierdusend fiefhunnert Meeter —? Stimmt dat denn jümmer?«

»Ne, jümmer ne, – du müß den Stüermann mol frogen, — dat de mol in de Kort nokickt, — wu deep dat doar ungefiehr is, nem wi den annern Meddag sünd. Kummt jo up 'n poarhunnert Meeter goar ne up an, — kann jo doch keeneen van uns Foahrgäst nometen!«

»Ne. — Ah jo, du, — dat geiht ook. Fein! Veln Dank! Doar kann ick mi jo al 'n ganze Tied mit langs hilpen!«

Ick segg: »Un denn kannst ook noch mol schrieben: ›Genau im Schnittpunkt von Länge und Breite!‹ Dat stimmt ook jümmer!«

»Jä, Junge, — ich weet ne recht!« segt Richard, »wenn uns' Ool — uns' Kaptein — dat so — jeeden Dag up de Spieskoart lesen deit —!?«

»Denn segst du eenfach: Du wullst villicht doch noch ümstiegen, — un wullst ook Kaptein up groote Foahrt warden!«

»Oah ne, ne!« segt Richard. »Ne, — up keen' Boog, — un för keen Gild! Ne, ick will doch leeber Oberstuart blieben, — un will mi jeeden Dag wat anners utdinken: wonem wi nu jüst sünd!«

Twee to Null

Wenn du ook jümmer allerhand »üm de Ohrn hest, — un du wullt giern mol wat för dien Nerven — un geegen de Manchester-Krankheit doon, denn lot di man mol van 'n gooden Fründ, den du vörher noch goar ne kinnt hest, to son lütte scheune Autofoahrt inloden. Am besten mol — so verdwaß dör de Stadt — wenn de Stroten recht so scheun vull un verstoppt sünd, un dat is doar all een Geweuhl un een Larm.

Ick hebb dat eben vör Wihnachen mol mitmokt, up 'n Sünndagnomeddag. Ick schull — up de anner Siet van Hamborg, söben Mieln achter Ossentull, schull ick 'n poar plattdütsche Geschichten vertelln. De Tähndokter van dat Dörp hol mi mit sien'n eegen Wogen in Dübelsbrück van de Fähr af.

»Am besten sitt Se hier jo vörn — bi mi langssiet!« segt he, — un mokt mi ook sülben de Dör open. Ober ick mag doar noch goar ne recht ringohn, denn — dat is doar 'n Larm in 'n Wogen, as wenn sick doar twindig Mann bi de Plünn hebbt.

Ick segg: »Wat is nu loos —? Is dat —? Hebbt Se — Radio in 'n Wogen?«

He nickköppt un grient: »Football in Hannoober!«

Ick segg: »Oach —? Ook wedder so — een Klub geegen den annern —? Un jeeder will gewinnen —?«

»Westdütschland geegen Ungarn, — Länderspill!«

segt de Tähndokter, un sett sick blangen mi an 't Ru'er un dreiht dat Rad son beeten hin un her. Un denn drückt he sien'n grooten Teuhn — doar nerden in de Eck — jo woll up son lütten Knoop, — un denn sust sien »Salamander« — oder wat de groot feine Wogen heet — ook al mit uns loos. — Un all de dusend Lüd doar in den lütten blanken Kassen dicht vör mi — de brüllt: »Doooooor! Doooooor geiht he hin!«

Ick segg: »Wat is dat denn nu? Wat roopt un gröhlt de doar all?«

»Een to Null — för uns!« segt de Tähndokter. »Gott sei Dank!« Un denn hupt he mol eben – för luder Freid, un denn sünd wi ook al up de groote Strot, un brust mit 'n gleunige Foahrt no Stadt to. Un nu is dat vör uns un achter uns ook al all vull Wogens. Un all de Autos, de ut de Stadt rut kommt, ook een achtern annern, de flitzt man jümmer so an uns vörbi, welk so dicht, doar kannst keen Mütz twüschen hooln, un welk so gau, doar kannst keen Oog up hebben, wenn du meenst, du kickst em van vörn in de Finstern, denn is he lang vörbi.

Un de Kirl in den Radiokasten, de snackt un rötert egolweg — dör all dat Susen van de Wogens —un dör all den Larm van de Lüd in Hannoober hindör: »Wieder ein flacher Schuß von links, — Meier hat den Ball, — Meier flankt zu Schulze, — Schulze gibt ab an Müller, — Müller schießt — nein, er schießt nicht — er wird behindert, — und da rollt der Ball ins Aus!«

Un rumms — mit son richtigen Ruck — steiht uns' Wogen, dat ick meist mit de Näs geegen de Schiew hau. — Ick segg: »Wat is nu —?«

»Nu is roodes Licht!« segt de Tähndokter. »Nu möt wi stoppen! Doar wöllt welk öber de Strot!«

Jo, woarraftig, vör uns — up Stüerbordsiet brinnt 'n roode Lamp, — un nu kummt doar 'n junge Froo mit 'n lütte Diern an de Hand, — kummt van 'n Footweg hindol, un geiht so vör uns — twüschen all de grooten Wogens hindör. De lütt Diern is bangen, dat kann ick marken, — ober — nu sünd de beiden ook al rober no de anner Siet un sünd borgen. — Un nu is dat roode Licht mitmol greun — un wi sust wedder wieder, mit vulle Foahrt man eenfach so in de groot Stadt un in den Larm rin.

Un de ganze Footballplatz van Hannoober is bi uns. Ho, — wat flügt de Baller hin und her! Un wat rappelt de Kirl doar allns hindol! Un wat gröhlt un roopt un fleit de föftigdusend Minschen! Kinners, ne ook doch! Wat snufft 'r her! — Un wat kann 'n doch allns togliek beleben! —

Nu sünd se jo woll wedder dicht no de een Siet ran — mit den Baller. De Larm ward jümmer duller — un dat Geweuhl üm uns rüm ook, — un — nu —? Jo!

»Toooooor!« Un dicht vör uns knallt un jirks dat, — un ick sitt wedder mit 'n Kupp geegen de Schiew — un blangen mi steiht mitmol 'n grooten Boom, — un up de anner Siet steiht 'n Lastwogen, — un buten is een vördull an 't Schimpen, — un de Radiokirl segt goarnix mihr.

Ick segg: »Wat nu —? Wat wür dat?«

»Twee to Null!« segt de Tähndokter. »Man good, wat wi dat noch eben mitkregen hebbt. — Nu is de Antenne weg, un de Kasten is twei!« Ick segg: »Un de Wogen —?« — »De Wogen is heel bleben, — un de annern hebbt de Schuld!«

Ehr eegen Dinkmol

Dat is al jümmer so wesen, un ward woll ook so blieben: Wenn son ganz lütt Kind — son lütten Jungen — bi de Mudder up 'n Schoot ligt, — denn könt wi uns dat mit 'n besten Willn ne dinken, dat düsse Lütt ook mol — oolt un gries ward.

Un wenn wi mol son ganz oole Froo seeht, — moger un krumm, un bannig slecht to Foot, — denn könt wi dat goar ne recht gläuben, dat de freuher ook mol ganz jung un seut — un springenlebennig wesen is. — Jä, un doch — hangt dat all — een an 't anner!

Ick sitt vörigen Sommer mol — so halbe Nomeddag — bi good Wedder — in son lütten scheunen Stadtpark up de Bank — ganz alleen.

Son fief – söß Träd vör mi — so half ünner 'n Busch — steiht son lütt fein steenern Dinkmol: Doar sitt son groote junge Diern — ganz ut witten Marmor — blank un schier — up son grooten vierkanten Steen. — Se schall woll so negenteihn oder twindig Joahr wesen. — Hett nix üm un nix an. Hett blooß 'n lütt steenern Book up 'n Schoot liggen, — as wenn se eben noch wat lest hett — un dräumt nu son beeten vör sick hin.

Un ick mok dat nu jüst so: Hool mien Gesicht son beeten no de Sünn ran, — un dink: »Wat kann son groot Minschenkind — in de Joahrn — doch seut wesen!«

Un mok de Oogen to, un dräum. Un feuhl mitmol

son lütten Ruck in de Bank, un schul van ’t Siet, jo, doar sett sick son lütte oole Froo mit hin, un kickt ook van ’t Siet un nickköppt mol eben: »Dött ick doch woll, jo? Oder stör ick di?«

Ick segg: »Ne, goar ne! Sett di man dol! Is jo Platz genoog, — un is scheun hier!«

»Son beeten in de Sünn«, seggt se, »dat deit jo jümmer good. — Ick hebb doar al ’n lütten Stoot up de anner Siet seten, ober — doar käm mi nu doch de Schatten to wied rüm.«

Ick segg: »Un de Schatten ward al keuhlig nu. De lütt steenern Diern ward denn woll ook bald koolte Feut kriegen.«

»Oach«, segt de lütt Froo, »dat mokt de woll nix ut, — de is jo noch bannig jung, — eben ierst söbenteihn —«

»Noa —« segg ick, »’n beeten öller is se woll doch —!?«

»Nu jo, — nu is se recht wat öller — ober do — as wi ehr doar hinsett hebbt —!?«

Ick segg: »Weeß du dat noch —? Büst du doar mit bi wesen —? As de hier — upstellt worden is —?«

»Joa, — ick bün doar mit bi wesen, — eegentlich sogoar as — Hauptperson« — as ›de ierste Mann an de Sprütt‹ — hett mien Unkel Julus to mi segt. — Ober — dat hett do jo nüms wieder weten, — blooß mien Unkel Julus — un mien Mudder — un ick!«

Ick segg: »Dat verstoh ick ne ganz. — Werkeen wür denn dien Unkel Julus? Wür dat hier de Börgermeister?«

Se lacht mol eben: »Ne, mien Unkel Julus wür de Bildhauer, de sick dat all utdacht hett, — un hett dat ook kloar mokt, — un hett mi doar so — ganz ut Marmor — hin sett!«

Ick segg: »*Di* —? Hest *du* hier — för düsse feine Diern —? Büst *du* dat ›Modell‹ wesen?«

Se nickköppt: »Bün ick, jo, — as ick söbenteihn un 'n half wür, —«

»Do hest du *so* utsehn —?«

»Mütt ick denn jo woll, — mien Unkel Julus hett jo allns — up 'n Millimeeter genau — utmeten. — Ober nu —? Nu bün ick twee-un-tachentig, — un all, de do üm mi rüm würn, — sünd al lang' doot. — Ober mien groot Jung lewt noch, — un *den* sien jüngste Diern, — de is nu ook jüst wedder so wied — as düsse steenern hier, — un kunn woll ook wedder ›Modell sitten‹, — ober — uns' ool Unkel Julus is jo lang' vergohn un vergeten, —«

Ober nu loopt ehr mitmol 'n poar blanke Tronen över de Backen, — un se steiht langsom up, — un geiht Foot för Foot weg.

Un ick kiek ehr noch lang' no, — un dink ook mol eben an de Tied — as ick söbenteihn un 'n half wür. — Un schul mol wedder no de lütt feine steenern Diern — un no de oole Froo, de doar Foot für Foot langstüffelt: Fief un sößtig Joahr — sünd de beiden nu utnanner, — un würn doch mol — beid liek jung — un beid liek seut.

Up'n Karkhoff

Wat mokt Ji — wenn Ji mol up son lütte Landpartie — in een anner Dörp oder in 'n fremde Stadt kommt, — un hebbt 'n beeten Tied to 'n Kieken?

Loopt Ji — ierstmol dör de besten Stroten — no 'n Marktplatz rup? Oder no 't Rothus ran — wenn doar een is? Oder mol rund üm de Kark, — wenn doar 'n Weg rüm geiht? — Oder klutt Ji gliek in de ierste beste Kanditelee rin un drinkt Kaffee — mit allns, wat doar bi hört?

Jä, ne, — dat is lang ne egol, — dat is bi all de Minschen wedder verschieden!

Bi mi is dat so: Ick stüer bald jümmer — ierstmol up den Karkturm loos, — un goh denn an de Kark vörbi — no 'n Karkhoff rup. Worüm — weet ick sülben ne, ober — doar is dat dörweg scheun still, — un doar krieg ick ook al jümmer 'n barg to weten: Wat de meisten Lüd heet — oder heeten hebbt — wu oolt se worden sünd. Un dat kann ick mitünner noher — wenn ick allerhand fremde Lüd kinnen liehr — ganz good bruken. — Wenn obends een to mi segt: He heet »Hasenberg«, — denn segg ick gliek: »Oach, is dat woll dien Vadder, — de doar up 'n Karkhoff — up Backbordsiet — vöran — in 't tweeten Gang ligt?« Un wenn he denn »jo« segt un wunnert sick, — denn sünd wi uns al 'n ganz Stück neuger.

Son goode föftig — oder sößtig Karkhöf' — hier so an de Woterkant langs — hebb ick — in de letzten dörtig Joahr — woll al dörsnüffelt. Un doo dat nu ook noch — jümmer wedder.

Blooß up *unsen* Karkhoff — in Finkwarder — doar goh ick *ne* mihr so giern rup. Ne, — mag ick ne! Ick hebb doar to vel goode Fründen un oole Bekannte liggen, — ut mien Schooltied, — ut de Fischeree, ut mien Marinertied, — ut de Fischhalle, — ut 'n Krieg, — un ook van all dat »langs den Diek klöhnen, — un vör de Dör sitten«, — un van Danzmusik, — un van 't Seiln up de Elw, —

Mann! Wat is *dat* nu al för 'n Reeh, — de doar liggt! Jungs un Dierns, — Mannslüd un Froons! Van teihn Joahr vör mi — in 't Öller, — bit twindig Joahr achter mi! — Un dat is jo ne blooß, dat *ick jem* kinn, — ne, de kinnt *mi* jo ook all! Ook *nu* noch!

Wenn ick, up unsen Karkhoff rup kommen doo, un will so stebens — den Gang liekut gohn, denn röppt dat van beid Kanten her: »Nu man ne so grootsnutig!« »Kinnst woll goarkeen Lüd mihr, wat?!« »Kannst du denn ne weenigstens ›Guddndag‹ seggen, wenn du hier vörbi geihst!?«

Un wenn ick stohn blief, un kiek mi den Steen an — un les den Nom, denn »seeh« ick jem jo all wedder lebennig vör mi, — un hör jemehr Stimm, — un weet, wat se van mi dinkt, un wu se dat meent.

»Wat is dat denn eegentlich mit di?« segt de een: »Wi beiden sünd doch tohoop ut de School kommen, — un ick ligg hier nu al 22 Joahr, — un du löppst jümmer noch rüm?

Hett Jan Klapperbeen di vergeten —? Oder kann he di ne finden? Schall ick em mol ansteuten —?«

»Ne, — lot em man noch 'n beeten!« segt een anner. »He hett sien Tall noch ne vull! Lot em sick man noch 'n beeten quäln!«

»Quäln heeß du dat —?« segt de drütte. »Wenn he blooß jümmer son beeten hin un her schippert, — un lügt de Lüd de Jacken vull, — as harr he, wunner wat' beleft —?«

»Oach, lot em man!« segt de vierte. »He segt jo sülben jümmer: Wenn Ji dat man gläuft, — un wenn 't ook angohn kann, — denn sünd 't doch goarkeen Lögen wesen!«

Un so geiht dat Mann för Mann, un Graff üm Graff. — Oach, un denn kommt de Dierns un de Froonslüd, de mol — mit di tohoop — jung würn:

»Ne, — nu wull ick mi doch woll —!? De left jümmer noch!? De hett *mi* doch al vör 65 Joahr — bi 't Danzen egolweg up de Teuhn pedd?!«

»Jo, Diern, — un mi wull he mol — up 'n Sünndagobend nu Hus bringen, — ganz an de Wiet langs — un harr doch son Angst — vör de grooten Lünbörger Jungs, — is man blooß bit no de Landscheedn mitgohn, un denn — Oach, kiek! Un nu — *nu* dreiht he *ook* al wedder üm, un löppt weg! Is woll noch jüst son Bangbüx — as freuher —?!«

»Jo, bün ick ook! — Ober blooß up 'n Finkwarder Karkhoff! — Djüß! — Slopt man *wieder*! Un lot Jo man *ne* stüern!!«

Mien Meta

Mien Meta, — oah, dat is een Bild!
De möt ji blooß mol sehn!
De beste up de ganze Wilt,
son gift dat wieder keen.

Hett brune Backen, hille Hoar,
twee Arms, so fast un rund,
un blaue Oogen, groot un kloar,
un son ganz lütten Mund.

Un düß lütt Mund, de is so seut, —
wat snackt de sick all trech!
Wat de mi all so frogen deit,
doar is dat Endn van weg.

Bald jeeden Obend kummt se an,
kummt gau mol up mien'n Schoot,
un krüppt so ganz dicht no mi ran,
wat is de Diern mi good!

Denn sitt wi doar un snackt un lacht,
un dräumt all wied vörut,
un seggt uns söbenmol Gunacht,
un findt doch ne ümut.

De Nohbers, jo, de snackt woll mol, —
de Lüd, de doot mi leed.
Un Meta is dat ook egol,
ehr Mudder weet Bescheed.

Ehr Mudder segt doar goarnix to,
de mag dat ook noch giern.
Ehr Mudder, — oach, dat is mien Froo,
un Meta is — uns' Diern.

Nike ehr Sportplatz

Güstern wür mol wedder 'n grooten Dag — bi uns in 'n Hus. Keen Geburtsdag mit vel Beseuk un de halbe Döns vull Bloomen, un ook keen Jubiläum mit allerhand Post un Telefoniern. Ne, — ganz wat anners!

Uns' Nike — uns lütte Enkeline — se is nu jo al acht un 'n half Joahr – hett güstern van mi — blooß van mi — (mien Froo weet dat noch goar ne) ehrn iersten eegen »Grundbesitz« – ehrn eegen Sportplatz kregen! Un hett sick bannig freit!

Nike segt: »Wi hebbt ehr ook düssen ganzen Sommer hindör — jümmer hin und her jogt, van een Städ no de anner, — van »vör de Dör« no »achtern Hus'«, — van de Westsiet no de Oostkant, — van 'n Diek no de Weid, — un van de Weid wedder no 'n Diek. Narms harr se wedder — so richtig euben un »träniern« kunnt. Un dat mütt se doch! Jümmer wedder! An's kummt se doch manlef ne mit ehrn »Zirkus« in de gangen!

Wat se upstelln un moken will? Un wat se Dag för Dag un jümmer wedder euben deit?

Jä, eegentlich woll allns, wat een so — buten in 't Gras — mit de Handen an Grund — un mit de Been in de Luft — moken kann: No vörn un achtern kuppheisterscheeten, — up 'n Kupp stohn — un blooß mit de Finger in 't Gras fasthooln. — Rad-slogen, viermol no links, un viermol no rechts, un denn doch wedder meist up densülbigen Plack stohn, — un dreemol deep Luft holn, — un denn wedder wieder, — dat sülbige noch mol!

Am besten glückt ehr dat jümmer (segt Nike) wenn se ganz alleen is. Sobald een tokieken deit, denn will dat ne so recht. Ober — wenn goarkeen tokieken deit, — denn — mokt dat jo man half so vel Spoß. Un doarüm röppt se nu egolweg: »Opa, kiek mol! Nu!« Un segt denn gliek achteran: »Ne, dat wür nix! Ick hebb de Feut ne scheun tohoop hatt! — Ober nu, Opa! Paß mol up! Radslogen no links! Nu! — Ah ne, dat wür ook nix, ick bün to wied no vörn kommen!«

»Ober dütt eben! Hest dat sehn? Ne? Oah, dat harrst du sehn müßt! — Paß up! Noch mol! — Oah ne, nu bün ick to gau ümkippt! — Ober nu wedder! — Hest dat sehn? Harrst bit no teihn telln kunnt! Un de Feut — ganz dicht tohopp!«

Un so güng dat nu den ganzen Sommer — bi uns an 'n Diek, — un up de Weid, — un vör de Dör. Un wenn wi mol 'n beeten wieder weg würn — an 'n Westerdiek oder in de Heid — oder an 'n Strand allerwegens un jümmer wedder — fünd uns Nike son lütten feinen Platz, nem se träniern un euben kunn — jümmer wedder — un jümmer noch mol — mit »Kiek!!« un: »Hest dat sehn!?«

Jä, un nu, — datt dat up 'n Winter togeiht, un ward buten al bannig frisch un ruselig, — nu wull uns Nike dat in 'n Hus' man eenfach so wieder moken, — up de Del, — in de Döns, — in de Kök — allerwegens un jümmer wedder: Den Kupp mit 'n Swung vör dol, — de Handen up 'n Footborben, — un denn — de Been steil in de Luft — oder an de Wand — oder an de Dör, — un denn telln — bit dree — bit fief, — bit teihn, — bit twindig, — un denn wedder dol.

Un dat much mien Froo — bi uns in 'n Hus ne hebben, — un doarüm hett se nu güstern segt: »So, — nu is 't good! Ut un vörbi! Een för alle mol!«

Un do dä uns lütt Nike mi so leed. Un doarüm bün ick noher — stillswiegens mit ehr no buten gohn un hebb ehr dat wiest, un hebb seggt: »Hier, Nike, — rund üm unsen Nuttboom — nem nu grode dat scheune junge Gras kommen is, — dat schall nu dien Sportplatz wesen. Dien eegen, — ganz för di alleen! — So droh de Winter vörbi is, un dat ward all wedder greun buten, — denn mokt wi beiden hier 'n Lien an 'n Boom fast, — acht Meeter lang, — un goht mit den Tampen (mit dat Endn van de Lien) rund üm den Nuttboom rüm, un stekt alle twee Meeter son lütten witten Pluck in de Grund, — un denn kannst du — in düssen grooten Kring — Dag för Dag — van morgens bit obends — un wenn 't Mondschien is, ook noch mitten in de Nacht, — kannst du radslogen — un up de Handen loopen — un kuppheister scheeten — so vel un so lang as du Lust hest!«

Un uns lütt Nike freit sick, un kickt mi an un grient: »Ober du müß denn ook jümmer scheun tokieken, Opa, — un müß ook mol seggen: ›Fein! Jo! Ward jümmer noch beter!‹«

Ünner-Woter-Brill

Wenn een wat verlorn hett, — un he weet: Wannihr he dat verlorn hett, un wonem dat nu liggen deit, — denn is dat meistieds man noch half so slim, —denn kann he doar doch jümmer fein mol hin-denken! Ober — wat hilpt em dat hindenken, wenn he doar ne hin-kommen kann, un kann sick dat wedder holn?

Ick hebb mien Brill verlorn, mien eenzige un beste Brill — to 'n Lesen un Schrieben. De is mi — bi 't Upkloarn in uns' Boot — in 'n Rüschkanol an 'n Ponton — boben ut de Jackentasch — rutrüscht, as ick mi teihn Grod tovel ober Bord beugt hebb, — is se eenfach so steil in 't Woter rin sust, un hett blooß noch eben »Plümms!« segt, — un dat hett denn jo woll »Adjüs!« heeten schullt. — Jä, un nu ligt de Brill doar denn jo woll eenerwegens an Grund, vier Meeter deep, un woll ook vier oder fief Meeter van 'n Ponton weg. Un dat Woter is doar bannig brun un slickig. Un alle halbe Stündn brus't de Fährdamper doar vörbi, un de grooten Frachters —buten in 't Foahrwoter — mokt ook jümmer allerhand Sog — hin un her! Wonem mag mien Brill denn nu woll al liggen?

Un ick komm no Hus un lot de Ohrn hangen, un vertell, wat loos is. Un mien Froo segt wieder nix as: »Un nu —?«

Ick segg: »Un nu — mütt ick morgen no Stadt — no 'n Oogendoktor — un mütt mi 'n nee'e Brill ›verschrieben‹ loten!«

»Un denn —?«

»Un denn — mütt ick no de Krankenkass, un mütt mi doar 'n Schien holn!«

»Un denn —?«

»Un denn mütt ick no 'n Brillenschooster — un mütt mi doar een anpassen loten!«

»Un de köst —?«

»De köst för mi denn — woll ook noch — son goode föftig — sößtig Mark!«

Mien Froo kickt mi an, un schüttelt mit 'n Kupp: »Ick meen, du würst freuher mol — lange Joahrn hindör — Fischermann wesen —?«

»Bün ick, jo! Wat schall dat hier?«

»Ober — son lütte eenfache doode Brill — kannst du ne wedder-fischen —!?«

Ick krieg meist dat Grienen, ober ick segg nix, — mien Froo is 'n echte Schwäbin, kummt ut de Geegend van Stuttgart, un hett van Netten un van Fischfangen man weenig Ohnung, — ober se snackt jo nu blooß noch Finkwarder Platt, — un wat se sick eenmol in 'n Kupp sett hett, dat lett se sick so licht ne wedder *ut*-snacken.

»Ick meen, du kunnst dat doch weenigstens mol verseuken —!?« Dat is ook hier wedder ehr Wort.

»Good«, segg ick, »schaß dien 'n Willn hebben, — ick verseuk dat mol. Ober du müß mitkommen un müß di dat ankieken! Un döß ook ne dull wesen, wenn uns' Fischerlüd uns' wat utlacht!«

»Dat geiht ne üm mien'n Willn«, segt mien Froo, »dat

geiht üm mien'n Glooben — an dien Glück! Doo du man dien best, denn ward dat ook wat!«

Un nu — goh ick mol eben no unsen Nohber: »Hein, du hest doch jümmer son lütt Nett in de Hand, wenn du langs 'n Diek geihst to 'n Inkäupen —? Kannst du mi dat mol eben leehn?«

»Mien lütt Nett? Wat wullt du doar denn mit?«

»Dat segg ick di noheer ierst, wenn ick di dat wedderbringen doo!«

Bi uns in 't Schuer hangt noch 'n Stück van 'n oole Wiehr, half so dick as 'n Bleesticken. De fummel ick mi dör den Rand van dat Nett, un beug de Wiehr denn son beeten vierkant tohoop, dat dat meist son Oart Handtasch ward, — dat Nett as Bütel, — un de Rand steiht open, — 30 Zentimeeter lang un söben Zentimeeter breet.

»So Mudder, — mien Ketscher is kloar! Wenn du nu mol 'n —poar Stünden Tied hest —? Un hest dien »Glooben« ook bi de Hand —?«

«Den nehm ick mit!« segt mien Froo.

Un denn stoht wi ook bald — an 'n Rüschkanol — bi uns' Boot — up 'n Ponton. Ick bind mien lütt Nett — mit 'n dünne Smietlien — an son grooten langen Hokenstehl fast, — un schuw em so sinnig — good vier Meeter deep — steil in 't Woter — bit an Grund, — un drück em denn ook noch son goode Handbreet in den weeken Slick rin.

Un denn pedd mien Froo — mit den loosen Tamp van de Smietlien — up uns' Boot rup, — un tüht unsen sülbstgemokten Ketscher — so sinnig — Hand üm Hand — an de Boot langs, — un holt em wedder hooch.

Un — wat sitt doar binnen?? Wat hebbt wi doar —

gliek dat ierste mol — fungen?? Tein Pund weeken Slick — un — een feine Brill! — Mien Brill!

Kinners Lüd, — wat kann 't woll angohn!? Wat hett mien Froo segt? Se gläuft — an mien Glück —? Un ick? Ick dach — ick meen — ick wull doar ne an gläuben?!

Susi dräumt

Nu hett mi güstern — al to 'n drütten mol een frogt: Worüm ick denn goarnix mihr van uns' Pudeline — van uns' Susi vertelln dä?

Un nu mütt ick denn woll doch mol »vör 't Brett« — un mütt seggen: »Wi hebbt keen Susi mihr, — Susi is weg, — is ne mihr doar, — is — doot. Ober — Ji schöt doar ne öber snacken, denn — Susi sülben weet dat ook noch goar ne, — de meent jümmer noch: Se dräumt blooß. — Un dat deit se jo woll ook, denn — wi hebbt ehr — in 'n Slop — inslopen loten.

Worüm —? Jä, — worüm —!? Susi wür teihn Joahr bi uns, — as 'n ganz lütt Pudelkind, — as 'n junge Pudeldiern, — as Mudder, — as Grooßmudder, — un as »achtteihn mol Urgrooßmudder«.

»Teihn Joahr Hund«, seggt de Lüd jo, — »dat is mihr as — söbentig Joahr Minsch!«

Uns' Susi kunn toletzt ne recht mihr hörn, ne recht mihr kieken, un ook ne recht mihr loopen. In 'n Hus' läg se jümmer sowat rüm, un wenn wi ehr mit no buten nähmen, denn freet se allns, wat se kriegen kunn, in sick rin, — toletzt sogoar Schopschiet un Peerdkötels.

Un dat geföll uns ne, denn — uns' lütt Enkeline »Nike« wull doch ook jümmer so giern mit ehr speeln, un wull ehr ook af un an mol drücken.

Un do hebbt wi unsen Veehdoktor mol kommen loten. Un de hett Susi lang ünnersöcht un beluert un hett denn toletzt segt: »Susi kann doar sülben nix för, — se is oolt un is up, un hett ook keen Lust mihr. Dat beste wür nu doch, wenn se bald inslopen dä.«

Jä, un denn — stünd Susi bi mi an de Knee un keek mi an. Un de Doktor geef ehr 'n lütte — Sprütt — achter in 't Been. Un Susi mark dat jo woll goar ne, — keek mi blooß jümmer still in de Oogen, — un sack no 'n poar Minuten denn doch so sinnig in 'n Dutt tohoop, — un kreeg denn noch een Sprütt, — un mark doar ook nix mihr van, — wür nu woll al wied weg, — un ook wied wedder trück — bi ehr eegen Kinner.

Un doar is se nu woll ook noch. Dräumt jümmer noch so still för sick hin, — un luert up unsen Hinnik, up unsen grooten Jungen, — dat de mol van See no Hus kommt — un spelt mit ehr. — Wat hett se sick jümmer freit, wenn se em — ehrn fasten Gummiballer vör de Feut leggen kunn: »Hinnik, smiet mol wedder!! Smiet mol hooch in de Luft, un boben öbert Hus weg!! Ick hol em! Ick bring em di wedder! — Ick loop al rüm — no de anner Siet! — Smiet man al! Ober ganz hooch un ganz wied!« — Un wu stulz käm se denn jeedesmol wedder mit den Baller in 't Mul anslepen: »Äh-äh! Hebb em man doch funden! — Smiet man gliek noch mol, jo!?«

Un wat hett se sick jümmer freit, wenn se mit uns' Ulli-Diern tohoop — no de Elf hindol un an 'n Strand langs döß, — und döß allns besnüffeln un bekieken, — un döß teihn- oder twindig mol — son lütt fein Stück Hollt — oder son deftigen Knüppel ut 't Woter rut holn: »Noch mol, Ulli! Bitte, — bitte, noch mol! Un wenn 't geiht — noch 'n beeten wieder! Ick hol di allns wedder ran!«

Un wat hett uns' Susi sick freit, wenn se mit uns' Mudder tohoop — üm 'n Westerdiek — un üm de Lünbörger Siet rümgohn kunn. Teihnmol wür se wied vorut, un söbenmol — no jeeder Siet hin — wied ut 'n Kurs. Un af un an müß se ook mol son poar dösige Hünner — oder son oole bunte Katt — in de Flucht jogen, — un müß doch wedder — noch jüst to rechten — bi Mudder langssiet wesen: »Nu schill man ne ierst! Ick blief nu jo ook bi di!«

Un wat hett uns' Susi sick jümmer freit, wenn se mit mi no de Boot gohn kunn! Wat heul se ehr lütt swatte Snut hooch, wenn ick dat Seil upsett harr, un smeet de Tauen loos, — un se alleen döß mit, — un döß bi jeeder swatte Tonn in 't Foahrwoter tweemol — un bi jeeder roote Tonn — dreemol belln!

★

Oach ne, Kinners Lüd, — beduert uns — un uns' Susi man ne! Freit Jo man — mit uns — dat se noch goar ne weet, da se doot is! Dat se noch jümmer so wieder dräumt — van all dat, wat se hier bi uns seehn un mit beleft hett!

Alleen up de Weid

De lütt Anngreet is ut to 'n Melken,
se hett dat an's noch goarne don.
Un de oln Keuh fangt an to bölken
un haut mit 'n Stiert un wöllt ne stohn.
»Wenn dat man good geiht« dinkt Anngreet,
un kummt vör Angst al rein in 'n Sweet.
»So ganz alleen hier up de Weid —!
Ach wat, — man ran!« Sühst woll, nu geiht 't!

De Lüttknecht hett in 'n Schatten legen,
un hett ehr seehn, un freit sick al, —
he will ehr gern de Melkdracht drägen,
un weet ne, wat he seggen schall.
»Wenn dat man good geiht«, dinkt de Knecht,
»doar komm ick doch jo ne mit trecht, —
so ganz alleen hier up de Weid —!
Ach wat, — man hin!« Sühst woll, nu geiht 't!

Nu stoht se doar un sünd an 't Snacken,
un kommt ne weg. Wat is dat blooß?
De Lüttknecht hett de Dracht up 'n Nacken:
»Een'n Seuten! Ihrer goh 'k ne loos!«
»Wenn dat man good geiht«, dinkt de Diern,
un doch, — se mag em ook so giern.
»So ganz alleen hier up de Weid —?«
»Ach wat, man to!« Sühst woll, nu geiht 't!

Kaffeetied

Hest du ook mol — so halbe Nomeddag — eenerwegens bi oole Bekannte — oder bi wiedleftige Fründen — nem du eegentlich blooß mol eben »Gudden Dag!« seggen wullst — in de beste Döns up 'n Stohl seten, — un kunnst den Dreih ne kriegen, — dat du — noch eben vör den Nomeddogs-Kaffee — wedder an de Luft un no Hus kämst?

Is dat ne 'n komische Tied — so bi Klock dree rüm, — wenn blangen an — in de Kök — al jümmer mol een mit de Tassen rümklappert, — un keeneen seggt to Di, dat Du noch blieben schaß —? Un nüms frogt Di, wonem Du denn an's noch hin wullt. — Wat schaß Du denn moken?

'n poar mol deep Luft holn — un alle Näslang mol no de Klock kieken, dat hilpt ne veel, — doar fallt keeneen up rin. Un wenn Du seggst, du wullst giern to rechten Tied wedder no Hus, oder — Du harrst ook noch wat anners vör, — doar — kummst Du ook ne wieder mit. Denn geiht heuchstens dat Frogen wedder loos: »Nem hin denn? Un — wat geiht den dat denn? Un — wat mokt sien Froo, — un sien beiden Jungs?«

Man blooß van »'n Taß Kaffee mit drinken un 'n Stück Koken mit eten« — doar seggt keeneen wat van. — Un du büst doch jüst mol wedder so dreug in 'n Hals, un hest son Hunger up wat Seutes. Ober nu!? Jo! Nu kommt doch endlich — de Tassen up 'n Disch!

Un Du tellst jem gliek mol — un jo — doar is würklich een mihr — as doar Lüd in 'n Hus' sünd! Oder — schull de ole Grooßmudder ook noch mit an 'n Disch kommen? Ober ne, de is jo al 'n ganz Joahr eenerwegens in 'n Heim.

Noa jä, denn — denn kunnst du nu jo woll giern mol upstohn, — un deist so — as wullst du »Adjüs« seggen —? Ober — wenn se di denn würklich loopen lot —? Oder bringt Di sogoar noch an de Dör —? Denn hest Du wedder mol nix kregen, — un büst gnadderig, — un seggst noher to Dien Lüd in 'n Hus: »Hebb ick mi jo gliek dacht! Bi de is dat doch al jümmer so wesen! De seht — bi jeden Beseuk — leeber de Hacken as de Teuhn!«

Jä, un wenn Du nu — eenfach up Dien'n Stohl an de Wand — besitten bliffst —? Un — keeneen seggt wat —? Dat süht doch ook slecht ut — för Di un ook för de Lüd!?

Ne, — denn mok dat man leeber so, as de ool Jann Reekmann dat 'n poarmol mokt hett: De is denn eenfach — mit sien'n Stohl — no 'n Disch rangohn un hett seggt: »Noa jä, — wenn dat Ankötten un dat Neudigen denn goarkeen Enden nimmt, — denn man — mienwegen! Ober doarüm bün ick nu doch wirklich ne herkommen!«

Un denn hett he twee oder dree Tassen Kaffee drunken, un hett fief Stücken Koken vermeubelt, un hett noher seggt: »Dat harr ober doch würklich ne neudig don!«

Oder mok dat so — as de ol Geeschen Mees, de mag

dat ol Ran-Neudigen ook ne hebben, — de sett sick jümmer gliek van 't sülben mit ran, — un langt ook jümmer ganz good to, dat se ehr Deel afkriegen deit, un seggt denn — to all de annern Gäst: »Oach jo, — wenn ick dat bi mi — doch ook mol so moken kunn: Son groote feine Döns! Mit son grooten Disch — un mit so veel Beseuk! Un denn all van 't Beste — mit Kaffee un Koken!? Ober ick — doar bi mi — in mien lütt Kommer — mit twee Steuhls un een lütte Komood, — un denn bald jümmer alleen —!? Oach ne! — Magst mi noch een Stück Torte updoon, Greta? Dat smeckt wedder all so scheun bi Jo —! Ick et mi hier noch mol — rein toschanden!?«

Un den annern Dag vertellt düsse Geeschen — langs 'n Diek: »Son Lüd, de könt jo to nix kommen!? So vel Beseuk wedder — güstern!? Un so vel Torten un Koken un Keks!? Un all van 'n Bäcker un ut de Kanditellee!? Werkeen schall dat doch wohl blooß jümmer all betohln?! — So vel verdeent ehr Mann doch gewiß ook ne — as Discher, — in sien lütt Warkstäd, — nu noch — in düsse Tied —? De meisten Lüd goht doar doch al goar ne mihr hin! — Ick komm doar ook blooß noch — af un an mol — to'n Kaffee, — wenn ick son Jank up 'n scheun Stück Koken hebb!«

Gorch Fock

'n poar blinken Biller ut sien Leben

Ick weet ne wat dat kummt, — jeedesmol wenn ick vör sien Bild stoh, vör sien groot fein Marinerbild, un he kickt mi denn so an mit sien lachen Oogen, denn löppt mi de Tied öberstüer, jümmer wieder öberstüer, bit no den 31. Mai 1916. Un mien Gedanken loopt rut no See:

Doar is Hornsriff, doar is dat Skogerrak, doar ligt de groot greune See. Jümmer up un dol geiht dat Woter, un de Wind strickt doar öber hin, so as he 't al vör dusend Joahr dä. Groot un rood sitt de Sünn up de See un bemolt allns mit Guld un Füer.

Ober keenen kickt doarno. De ganze See is vull Schep, un all de Schep sitt vull Minschen, ober keeneen kickt no de Sünn. All hebbt se wat anners vör Oogen: den Krieg, un den Feend, un den Doot. — Jo, ook den Doot. Se sünd in de Seeschlacht, in de gröttste, de't jeemols geben hett. Dat blitzt un dönnert, dat räukert un brinnt, dat jammert un schreet. De ganze Wilt is in Upruhr. De ganze Wilt is heet un grusig as de Höll.

Doar flügt 'n groot Schipp in de Luft, — nix as Stoff un Dampf. — Doar brinnt 'n Krüzer. Doar sackt 'n Torpeederboot weg. Dusent Minschen ligt in 't Woter un slukt un roopt. — Un doar, recht in 't Middel van all düssen Larm, doar ligt uns »Wiesbaden«, kott un kleen, mit tweide Maschin, kann sick ne weehrn un kann ook ne weg, — ligt doar ganz up de Siet, brinnt an all de Ekken, un sackt so langsom in 't Woter rin, Toll üm Toll, un Foot üm Foot.

De letzten Mariners, — vel sünd ne mehr no, de meisten sünd all still un sünd doot, — de letzten poar Mariners stoht up dat heete, steile Deck un krallt sick an de Reeling fast, un wet ne mehr, wat loos is. Keeneen kickt no de Sünn. —

Doch! Boben in 'n Mastkorf steiht noch 'n lütten Matroos, hett de Lippen fast tohoopknepen, un kickt in de Sünn, — wat anners mag he ne mehr seehn, rundüm is tovel Larm un Füer, un ünner em is tovel Rook un Bloot. — He steiht, un kickt in de Sünn, un dinkt: »Ick hebb di so mannigmol ünnergohn sehn un hebb dacht, wenn du nu mol goarne wedderkommen däs, wat schull denn woll ut uns warden? Ober du büst doch jeedesmol wedderkommen. Blooß nu, nu ward 't woll ut wesen. För mi kummst du woll ne wedder hooch. — Ober wenn 't ne anners geiht, un wenn 't so wesen schall, denn is mi 't ook recht. Ick hebb di lang genoog sehn, ick hebb mi foken noog to di freit. Ick dank di, Sünn! Schien morgen man wedder jüst so hill un warm. Un schien up mien lütt scheun Finkwarder, un schien up ganz Dütschland, un — greut jem all noch mol! Greut jem alltohoopen!«

Un langsom sackt de Sünn in de See. Un langsom sackt dat Schipp weg in Schum un Qualm. De Mastkorf dukt in 't Woter, un denn — kickt nix mehr ut.

De lütt Mariner drifft up sien Korkwest un weet ne, wat he moken schall. Poarmol hört he noch Roopen un Schreen, denn ward 't still, üm em un in em. Blooß wied weg rummelt noch de Kanoonen.

Un nu kommt doar upmol Biller bi em an, feine, kloare Biller, een noch bunter un scheuner as dat anner:

Hamborg ligt wedder vör em, un de Elf, un Finkwarder. He is nu mitmol wedder 'n lütten Jungen, löppt plattbarft un in 'n rugen Kopp an 'n Diek. He steiht splitternokt an 't Bullwark un lihrt sick dat Dükern un dat Swümmen. He sitt in de Boot un schippert de Elf dol, un kickt ut, wat sien Vadder ne al kummt mit den grooten Fischerewer. He is 'n richtigen lütten Klaus Störtebeker, jümmer an 't Woter un jümmer in de Sünn. —

Doar kummt 'n anner Bild: — He is nu eben ut de School un is bi sien'n August-Unkel in Geestmündn, steiht mit sien blanke Konfermandenbüx in 'n Loden achter de Toonbank un kippt de Tüten, wigt Kaffee un Mehl af, un sleit greune Seep in die Kruk. Un freit sick, wenn Finkwarder Fischerlüd kommt. Un freit sick am dullsten, wenn sien Vadder kummt un köfft wat bi em. Junge, denn knallt de Schüffel, denn klappert de Wagschol, as stünd de ganzen Loden vull. Un sien Vadder kickt em an un grient: »Müß ober ne so knickern, mien Jung! Bi mi doch woll gewiß ne. Kummt doch up een ool greune Arf ne an?« — »Doch, Vadder, genau wogen, nix to vel un nix to weenig. — Wat wullt noch mehr hebben?« —

Kummt wedder 'n anner Bild: He is in Meiningen, as Schrieber in 'n groot Kantur, hett 'n barg Arbeit un weenig Lohn. Ober obends geiht he mit 'n lütte feine Diern Hand in Hand dör't Holt, — se lehrt em dat Singen, un he lehrt ehr Plattdütsch. Un Sünndogs stoht se tohoop in't Theoter, boben ünnert Dack un seeht doar 'n Stück, dat heet: Othello. Un he argert sick so an düssen verdammten Jago, kann sick toletz kum noch hooln, will doar jümmer mit twüschen un will den Aas de Kehl tokniepen, — dat se em al all scheef ankiekt un wöllt em rutsmieten. — Un den annern Dag köfft he sick 'n groot Schriefbook, un fangt obends an to schrieben, un schrift dree Nachen hindör, — mokt 'n groot Theoterstück, hoochdütsch, mit föftig Lüd binnen, een gröhlt noch jümmer duller as de anner, un alle Oogenblick stekt 's een 'n doot. Dat flutscht man so bi em. — Un den drütten Dag schrift he 'n Breef no Hus: »Mudder, nu hebb ick wat Grootes vör. Wenn mi dat glückt, den brukst du ne mehr to arbeidn, denn legg de Handn man in'n Schoot.« — Un den annern Dag kummt al wedder 'n Breef trügg van sien Mudder, ganz krickelig schreben un dörwischt: »Ach, mien Jung, ick hebb son Angst üm di. Wat wullt du doch woll blooß? Dink doar doch an, dat de leebe Gott allns weet un allns süht. Lot di doch man nix to schülden kommen in't Geschäft! Brinn doch man bloß ne mit de Kass' dör!« — Erst lacht he un schüttkoppt. Denn lest he den Breef noch mol un hullt em mol sinnig an sin Back, — Mudder ehr Breef' sünd doch jümmer de besten Breef'. — Un he kickt ut 't Finster un kickt in 't Wiede, un süht sien lütt Mudder doar sitten, bi de Lamp, an de Neihmaschin, — un buten hult de Störm, — un Vadder is up See mit twee Jungs. — He kann de Gedanken ne wedder loos warden, hett mitmol Heimweeh, dulles Heimweeh, un smitt den Kopp up 'n Disch. — Denn mokt he sick wedder grod un will wieder schrieben. Ober nu geiht 't ne mehr, — dat kummt em mitmol all so albern vör, — do klappt he sien Book to un krüppt still ünner de Dek. —

'n anner Bild wedder: — He is nu in Hamborg as Schrieber bi de Hamborg-Amerika-Lien. He hett af un an mol lütte Geschichten in't Blatt hatt, — nu hett he jem tohoopsett un hett 'r 'n Book van moken loten. Un löppt nu dör de Stadt, van een Strot in de anner, un steiht vör jeeden Beukerloden still, un söcht sien Book in 't Finster: »Schullngrieper un Tungenknieper«. Un freit sick, wenn he 't funden hett, smitt den Kopp in 'n Nacken un lacht.

Anner Bild: — He is verheirot, hett 'n lütte feine Froo un 'n lütte mollige Wohnung. Se sitt obends tohoop bi de Lamp. Sien Froo häkelt un neiht, he lest un schrift.

Anner Bild: — Dat lustige Book »Hein Godenwind« is kloar, un ook dat groot Finkwarder Book »Seefahrt is not« ligt al in de Lodens. Nu schall he de Lüd ook mol wat vörlesen. — De ganze Stadt sitt vull Minschen. All luert se up em. All kiekt se no de Dör un meent, doar schall son grooten Seemann rinkommen. Toletz geiht he no vörn un sleiht sien Book up un kickt in'n Sol. Ober nu ward em mitmol ganz anners tomood. He is ne bangn, keen beeten, ober de Lüd kiekt em jo all so an, as wenn se seggen wöllt: »Wat will de lütt Kirl doar denn? Goh doar weg, du! In'n Oogenblick kummt Gorch Fock, de schall doar stohn.« — He fangt an to snacken un weet goarne, wat he segt, hört sien Stimm sülben man eben, — all kiekt se em stief in de Oogen. — Ober so ganz bilütten kummt »Gorch Fock« bi em dör, kummt ut em rut as See un Störm. He krigt Moot un Kraft, un ritt de Lüd mit, dat se toletz all mit heete Bakken doarsitt un dinkt: »Junge jo, dat is he woll doch!«

Anner Bild: Dat is Krieg, un Gorch Fock is Suldot, — is as Landstörmmann mit bi de Sandhosen. Se liggt up de Zigeunerinsel vör Belgrad, sünd nachts öber den Fluß gohn, un sitt nu den ganzen Dag in son ooln Groben dicht an 't Woter, un scheet un luert. — He sitt in de

Knee un kickt up sien Flint, un kickt scharp vörut. Un wenn se up em loos kommt, de Serben, denn legt he ruhig un bedächtig an un knallt jem dol. He weet, dat sünd Minschen, jüst so good as he, hebbt gewiß all Froo un Kind oder hebbt noch Vadder un Mudder. Ober he weet ook, dat 't ne anners geiht, dat he mütt. Blangen em liggt sien Kameroden in Bloot un achter em is dat Woter. — »Fast un isern wesen! De Kugeln sünd knapp, dött keeneen vörbi gohn.«

Anner Bild: — Sien Gesuch is dörgohn, he is Mariner worden. Is eben in Willemshoben an Bord kommen up de »Wiesbaden«. Steiht mit Sack und Pack vör 'n Kommandanten un kickt em free un lachend in de Oogen. De kloppt em up de Schuller un hullt em de Hand hin: »Wi hebbt al vel van di lest, Gorch Fock. Mok dien Sok wieder so good un hilp uns. Seefahrt is not!« — Do ritt he sien Knoken tohoop un geiht no vörn.

Anner Bild: — Se brust mit hunnert Schep no Nurdn, hebbt keen Lust mehr to teuben, wöllt em mol seuken un angriepen. Gorch Fock steiht boben in 'n Mastkorf un kickt wied vörut, kickt sick rein de Oogen ut 'n Kopp. Hill un blank ligt de Sünn up de See, allns glitzert un schient.

Un nu kummt dat letzte Bild: De groot Seeslacht, de groot grusige Larm. Un doch so bunt un so scheun: All de feinen Schep, un dat Dönnern un dat Blitzen, un denn dat Füer rundüm un all de Qualm, un denn de eegen wegsacken Krüzer, dat Zischen un Roopen, un denn de Schum —

Un nu sünd se all, de Biller. Nu drift he wedder up sien Korkwest, un drift alleen up de hooge See, un is ganz still. He dinkt noch mol an sien Vadder un Mudder, he dinkt noch mol an sien Froo un sien beiden Kinner, he dinkt noch mol an sien Beuker, he dinkt noch allerhand. Ober de Wind ward frischer, un de See geiht heuger un sleit em al jümmer öber 'n Kopp hin. Un denn toletz, — denn kummt dat so, as he dat sülben in »Seefahrt is not« schreben hett:

»Er fühlte, daß seine Arme ermatteten und daß er es nicht lange mehr machen konnte. Noch einmal ließ er sich von einer Wogenriesin emporheben und blickte von ihrem Gipfel über die See, die er so geliebt hatte. Dann gab er es auf. Es paßte nicht zu seinem Wesen, sich im letzten Augenblick klein zu machen und mit den Seen um die paar Minuten zu handeln. Er konnte doch sterben! Er schrie nicht auf, noch wimmerte er, — groß und königlich, wie er gelebt hatte, — mit einem Lachen auf den Lippen versank er, — und die gewaltige Dünung des Skagerraks ging über ihn hinweg.«

★

Un nu — nu ligt he doar boben an de swedsche Küst in de Kuhl. Wied weg van de Elf, wied weg van sien lütt Finkwarder. As Seemann storben un ook as Seemann begroben.

Gorch Fock, — wi greut di!